可愛くない私に価値はないのでしょう?

登場人物紹介
コンスタンティン・ポールランド
ポールランド伯爵家の子息。天使のように美しい容姿で妹を助けたグレイスと出会い、伯爵家に連れ帰って保護する。
グレイス・フラメル
フラメル商会の長女。両親や妹から可愛くないと言われて虐げられていた。偶然川で溺れていた少女を助けるが……

リネータ・フィントン
男爵令嬢でデリクの姉。
コンスタンティンに執着する。
デリク・フィントン
ベリンダの婚約者。
傲慢な性格で乱暴者。
ベリンダ・フラメル
グレイスの妹。
ワガママで姉が自分より
幸せであることを許せない。
エリザベッタ・
ポールランド
コンスタンティンの妹。
本当の姉のように
グレイスを慕う。

プロローグ　可愛くなければ価値がない？

私の名前はグレイス・フラメル。フラメル商会を営む商人の長女だ。

フラメル商会はかつてとても儲かっており、勢いのある商会であったというが、それは祖父の代までだった。

父の代になってからは衰退する一方で、父はそれを他力本願で挽回しようとしていた。それはつまり娘に玉の輿を狙わせ嫁ぎ先から資金を得ることだった。

妹のベリンダはとても可愛い容姿でピンクの髪に澄んだ青空を切り取ったような瞳は、それだけでとても目立つ。髪は縦巻きツインテールで前髪はパッツンと切り下げていた。「小柄で可愛い子にしかできない髪型よ」と、ベリンダは得意気に自慢した。

丸顔で大きなぱっちりした目に小さな鼻、唇は厚めでぷっくらとしたアヒル口。眉尻が少し下がったあどけない顔立ちには誰もが庇護欲をそそられたし、微笑むとバラ色の頬にエクボが浮かんだ。確かにこれほど可愛い子は珍しいかもしれない。ベリンダはたくさんのリボンやフリルのついた服を好み、お父様達はベリンダにねだられるままに服や装飾品を買い与えた。

それに比べて私の髪はミルクティーのような色合いのブラウンで、瞳も同じような色だった。平民の多くがブラウン系の髪色と瞳なので、両親の関心はベリンダに集中した。

ベリンダは私の髪色を〝枯れ葉色〟とか〝落ち葉〟のようだと表現していたわ。確かに傷んでパサパサになっている髪は色あせて見える。私は自分でそれを三つ編みにしていた。フラメル家のメイドはベリンダのツインテールをいかに可愛く仕上げるかに全力を使い、私まで手が回らなかったからだ。

私の目は切れ長で冷たく見えたし、鼻筋はすっと高かったが、両親からは愛らしさに欠けて陰気に見えると言われた。ベリンダを虐めたこともないのに虐めたことになっていたり、自分で転んだベリンダを私が突き飛ばしたことになっていたりも度々あり、ベリンダの上手な嘘を両親はすっかり信じていた。

誤解を解こうとしても、ベリンダの言うことしか信じない両親には、かえって私が嘘をついていると思われ、余計に嫌われた。

私は服を新調してもらうこともなく、一歳年下のベリンダのお下がりを着る羽目になった。私の身長はベリンダよりもだいぶ高いので、それを着ると不格好でひどく滑稽に見えた。

このスバール国の子供達は身分を問わず、七歳から十七歳まで学園に通う。準男爵や男爵の子女は領内の学園に通い、子爵以上の子息令嬢が王都のマッキントッシュ学園に通うことになっていた。

私達家族が住んでいる領地はフィントン男爵領で、フィントン学園のほかにも数校あり、平民の私達はその経済力によって通う学園を選んでいた。一番授業料が高いのはフィントン男爵家が経営するフィントン学園だったから、フィントン家の子女とお金持ちの平民の子達は大抵そこに通っていた。

ベリンダが学園に通う年齢になったある日のこと、家族が寛ぐ居間でお母様はベリンダに猫撫で声で話しかけた。

「可愛いベリンダや、よくお聞き。あなたが素敵な男性と出会えるように、お金持ちの子達が通うフィントン学園に通わせてあげましょうね」

「わぁーー！　嬉しいわ。フィントン学園は、そのご子息も通う学園でしょう？　大商人の子達も皆そこに通うのよね？」

「そうですよ。学費はとても高いけれど、ベリンダにはそこに通ってほしいのよ」

「そうだとも。授業料はかなりの負担ではあるが、ベリンダはフィントン学園に通い、必ずや将来有望な男性を射止めてほしい」

両親はますます可愛く成長していくベリンダが玉の輿に乗ることを期待していた。

「お父様、お母様。私もフィントン学園でなくても良いので通わせてください」

私は遠慮がちに両親にお願いをしてみる。

けれどその答えは冷淡なものだった。

「ベリンダはフラメル家の希望なのよ。グレイスはお姉ちゃんなのだから我慢してちょうだい。学校なんて行かなくても女の子は大丈夫よ」

お母様はベリンダも女の子なのに矛盾することをおっしゃった。

「そうとも。グレイスは可愛げがないし性格もねじ曲がっている。どうせそのへんのつまらない男としか結婚できないだろうから、お金のかかる教育はいらない。読み書きぐらいは家でも学べるし、それで充分だろう」

お父様は私の将来はたかが知れていると決めつける。

「そうよ。お姉様はいつも私を虐めるような性格の悪い人だし、学園に通うなんて贅沢ですわ。私がお姉様のぶんも素敵な女性になって親孝行しますね」

ベリンダは胸の前で手を合わせて、大きな瞳を潤ませた。あどけない顔で上目遣いに見るその可愛らしい表情に、両親はすっかり心酔している。

「なんて親孝行で健気な子でしょう。愛らしいベリンダはきっとフィントン学園でも人気者になるわ」

お母様はベリンダの頭を愛おしげに撫で、お父様は頬を緩めた。

けれど、今のままのフラメル家の経済状態では、授業料の高いフィントン学園に通わせることは難しい。そのため、お父様達はメイドとコックを解雇し、お金を捻出した。

そのしわ寄せは、一気に私にきた。

「これからはグレイスがメイドとコックの仕事をしなさい。簡単な部屋の掃除と料理ぐらいはできるわね？　学園に行く必要もないのだから時間はたっぷりあるでしょう？」

「……はい」

お母様の言葉に、私は沈んだ声で返事をした。

同じ両親から生まれてきたのに、どうしてこれほどの差をつけられるのだろう。

可愛くない私にはなんの価値もないの？

「うふふふ。お姉様、お互い頑張りましょうね」

ベリンダは優越感を浮かべた笑みで私を見つめながらそう言った。

ベリンダが七歳、私は八歳になっていた。

第一章　家からの追放と新しい生活

ベリンダが十三歳になった頃、彼女は両親の期待通りに玉の輿に乗った。デリク・フィントン男爵令息の心を射止め、婚約者に望まれたのだ。

デリク様はフィントン男爵家の長男で家督を継ぐ方だという。同じ学園に通うなかで芽生えた恋で、デリク様の方がベリンダに惚れ込み、婚約者にとフィントン男爵夫妻を説得したらしい。

「さすがは私達の娘だぞ。まさか領主様の長男を射止めるなんて思わなかったわい」

「うふふ。お父様達の期待は決して裏切りませんわ。ところで、お姉様。明日はフィントン男爵夫妻がこちらにいらっしゃり、婚約契約書を交わしますの。ですから家にいないでくださいね。不格好な姉の姿なんてお見せしたくありませんもの」

「あぁ、確かにそうだな。午後はこの家を出ていなさい」

お父様達は私に、午後はいつも隣の領地まで食材の買い出しに行くように命じてきたことを忘れていた。

そんな命令を改めてしなくても、私は午後の早い時間に家にいることは滅多にないのに。

そもそも私がフィントン男爵領から、わざわざ隣のポールスランド伯爵領の商店街や市場まで買い出しに行くのはフラメル家の体面を保つためだ。

妹がフィントン学園に通うために、姉の私が普通の学園にも行けず、家の手伝いをしていることを近隣の方々にバレたくないのだ。だから私は歩いて往復三時間もかけてお買い物に行かされていた。

それでも、そこでいつもお買い物をするうち、八百屋のおばさんにはお金の勘定（算数）を、文房具屋と本屋のおじさんには読み書きを教えてもらうようになった。

ちなみに両親は私が実の娘だということさえ途中から忘れているようだ。掃除や料理に文句をつける以外、私に話しかけることはなくなっていった。

そのかわり、ポールスランド伯爵領の市場や商店街の人々は、今では家族よりも身近で大切な存在になっていた。

ベリンダの婚約者になったデリク様は頻繁にフラメル家を訪れるようになった。

その際、おもてなしをするお菓子を買いに行くのはもちろん私の役目だった。必ずポールスランド伯爵領にある、王都でも流行のお菓子を買ってこい、とベリンダに命じられるのだ。

この日は午後のお茶の時間にデリク様がいらっしゃるということで、私はいつものようにポールスランド伯爵領の商店街を目指していた。

ポールスランド伯爵領に入るとすぐに川があり、その前をいつものように横切ると、なんと猫と女の子が流されて今にも溺れそうな場面に出くわした。

泳ぎには自信があったから迷わず飛び込み、女の子と一匹の猫を救い出す。

その後すぐに、複数の女性達がバタバタと駆けつけてきた。

「大丈夫ですかー？　お嬢様ー！　まぁ、あなた様が助けてくださったのですね？　ありがとうございます！　服がすっかり濡れてしまっておりますね。ぜひ屋敷までお越しいただいてお着替えを……」

必死に引き留めて礼をしようとする人達に、私は急いでいるからと断った。

ベリンダは我が儘だし、お目当てのお菓子が買えなかったら大騒ぎする。

「ごめんなさい。とても急いでいるのです。ラファッシニのマカロンとパルミエを買わないと困ったことになるので……お礼には及びません。当たり前のことをしただけですから」

「助けてくださってありがとうございます。お名前だけでも教えてください」

溺れていた子は天使のような顔をしており、綺麗な声で私に尋ねた。

たくさんの使用人を従えていたし、光沢のある生地を使ったワンピースの襟元には真珠が縫い付けられていたから、きっとお金持ちのお嬢様なのだろう。

「私の名前はグレイス・フラメルです。もう川に落ちないように気をつけてね」

「はい。猫を助けようとしたら自分も溺れちゃったの」

「そう、この猫ちゃんはあなたの猫なの？」

「いいえ。でも、これから飼ってあげようと思います」

嬉しそうに話す女の子の純真なキラキラ光る瞳は綺麗な黄金色だった。

王都でも有名な菓子店であるラファッシニで、一番人気のマカロンとパルミエ（バターを何層にも織り込んだパイ生地をオーブンで焼いたお菓子）は、私が着いた頃には売り切れていた。

「申し訳ありませんが、本日の焼き上がりぶんはほんの少し前に完売しました。また明日にでもお買い求めください」

申し訳なさそうに謝る女性店員に私は力なく頷いた。

困ったわ。きっとベリンダは烈火のごとく怒るわね。

仕方がないので、代わりにマドレーヌとサブレを買って帰路を急ぐ。デリク様がいらっしゃる前に帰って、お茶の支度をしないと両親に叱られてしまう。

できる限りの急ぎ足で帰ったけれど、着いた頃にはフィントン男爵家の馬車がすでにフラメル家の前に停まっていた。少女と猫を助けたことで思いがけず時間がかかり、おまけに助ける時に川底に足を引っ掛けたせいで親指の爪が剥がれかかっていて、とても歩きにくかったのだ。

あたりはすっかり日が落ち暗くなっていた。

「なんでこんなに遅いのよ！　お菓子を買いに行くだけでいつまでかかっているの？」

フラメル家の居間で、ベリンダに怒鳴られた。そこにはお父様やお母様にデリク様もいらっしゃって、皆ソファで寛ぎながら私を睨み付けていた。

「ごめんなさい。川に落ちてしまった女の子を助けていたら時間がかかってしまったのよ。でも、その子を助けられて本当に良かったわ」

「は？　嘘なんてつかないでよ。私に嫉妬してわざと川に落ちたふりして遅れて帰ってきたのでしょう？　本当に性格が悪いのね。さぁ、買ってきたマカロンを出して！」

「マカロンは売り切れていたわ。だから代わりの物を買ってきたの」

ラファッシニの袋から取り出したお菓子にベリンダが顔をしかめた。

「マドレーヌとサブレ？　こんなつまらないお菓子なんていらないわよ！　一番人気のマカロンが食べたかったのよ。せっかくデリク様とお茶をするのに、こんなのじゃ話にならないわ」

「マドレーヌもサブレも美味しいと思うわ。なぜこれではダメなの？　それに嘘なんてついていないわ」

「マドレーヌもサブレもマカロンほど見た目が可愛くないからよ。お菓子も人間と同じで見た目が重要なのよ。お姉様のように可愛くない女は価値がないのと一緒だわ。それに、女の子を助けたことが本当なら、お姉様をお父様に叱ってもらわなければならないわ。だって可愛い妹のお願いより、他人の女の子を優先したのでしょう？　家族に対する裏切りだわ」

ベリンダは私が少女を救ったことをなじりながらニヤリと笑った。

お父様は呆れたように私に説教する。

「なんで関係のない少女などを助けたのだ？　なんの得にもならないし、時間の無駄だぞ。大事なデリク様をもてなすお茶の時間にも遅れるなんて、もうこんなくだらないことはするなよ！」

「まったくその通りですよ。フラメル家になんの得にもなりません。かえってデリク様の機嫌を損ねて大変なことになるじゃないの？　本当に役立たずね」

お母様の意見も同じだった。

「お前は勉強が嫌いだから学園に行くのを拒んだそうだな？　やはり教育とは大事だな。物事の優先順位もわからないとは。いいか？　その助けた少女というのは、どうせそのへんの平民の子だろう？　俺はフィントン男爵家の長男だぞ。お前の住んでいる土地の領主になる男だ。俺の食べる菓子を優先して買いに走らなければならないのは、どんな小さな子供でもわかる話だ」

デリク様はもの覚えの悪い子供を諭すように私に話しかけた。

「変わり者なのですわ。服だってお母様が買ってあげようとしても、私のワンピースが良いらしくて勝手に盗《と》るし、私に意地悪はするし、本当に厄介者なのですよ」

「ふーん。今から縁を切っておいた方がいいのではないか？　ベリンダは未来の俺の妻、フィントン男爵夫人になるのだから、こんなお荷物はいらないだろう」

「ふっふっふ。そうですわね。お姉様、私の姉でいたいならもっと賢くなってくださいね」

妹達の発言を聞いて私はぐっと拳を握りしめた。

もう、我慢の限界だわ！

「そうですか。人の命よりあなた方のつまらない我が儘を優先しなきゃいけないのなら、もうベリンダの姉でいたいなんて思わないわ！」

ずっと我慢をしてきたし、この家を出たら生きていけないと思っていた。

でも、少女の命よりお菓子を買ってくるのを優先しろ、などと言う両親や妹に嫌悪感を覚えた。

勉強は好きだから学園には通いたかったし、ベリンダの服を盗んだことなどない。服を買ってもらえなかったから、ベリンダが飽きて捨てようとしたワンピースをお母様から渡された。それしか着る物が与えられなかったのに、盗んだと言われるのは納得がいかない。

「俺の愛しいベリンダに歯向かうな。この無礼者め！」

デリク様に頬を思いっきり殴られてその勢いで壁に叩きつけられた。

口の中が切れたのか錆びた鉄のような味が広がる。

「デリク様を怒らせるなんて、なんと恐れ多いことをするのだ。お前などこの家の娘ではない。出ていけ！」

お父様もお母様も憎悪の表情を浮かべ、ベリンダは意地の悪い目つきを向けながら口角を上げた。

ここに私の居場所はなく、自分が両親達にとってどうでも良い存在だと、ずっと気づいていたのに認めたくなかった。

それを認めてしまえば自分があまりにも惨めで、生きていくことさえ辛くなってしまうから。

虚しさと惨めさを抱えながら家を飛び出し、あてもなく歩き出す。暗い通りをぼんやりと照らす街灯が涙で滲んだ。

なんで生まれてきたのかな？　可愛くない私は生きていちゃいけないの？

神様は意地悪だ。とても生きにくい状況に私を追いやる。

お祖父様とお祖母様は私が生まれる前に亡くなったけれど、もし今でも生きていれば私に優しい言葉ぐらいはかけてくださったのかしら？

身内に味方が誰一人としていない私は、凍えるような孤独を感じていた。

どこに行けば良いのかわからなくてしばらく街頭の下に佇んでいると、通りの向こう側から豪奢な馬車が走ってくるのが見えた。

「ちょっと、そこの君！　グレイス・フラメル嬢の家を知っていたら教えてほしい」

馬車から降り立った美しい青年は、輝くような金髪に黄金の瞳をしており、私の名前を口にした。

「グレイス・フラメル……それは私ですけれど、どのようなご用件でしょうか？」

この男の人って天使様かな？　教会の壁画に描かれている大天使様にそっくりで、とても綺麗……もしかして、私いつのまにか死んじゃった？

「君がグレイス？　会えて良かった！　わたしはコンスタンティンという。今日はわたしの妹、エリザベッタを助けてくれてありがとう。お礼を言いたくてね。それにこれを渡したかった」

綺麗な包装紙にリボンがかけられた物を私の手にそっと置いた。

「これは？」

「ラファッシニのマカロンとパルミエだよ。これを買わないと困ったことになると、エリザベッタの専属侍女達に言ったよね？　だから持ってきたのさ。店の者に聞いたらずぶ濡れの女の子が買いに来て、売り切れと聞き、とてもがっかりして帰っていったと言っていたからね」

あの人気店で売り切れだったものをなぜこの方は買えたのかしら？

きっとすごくお金持ちなのね。

「……ありがとうございます。でも、もう必要なくなりました」

殴られた頬はじんじんと痛むし、きっと私は酷い顔をしているわ。こんな綺麗な方に惨めな私の顔を見られたくない。

俯いて唇を噛みしめ泣くのを堪えた。早くここから立ち去ってほしい。

「どうしたんだ？　グレイス嬢、よく顔を見せてごらん。……頬が腫れているよ。エリザベッタの命の恩人を殴った奴は誰だい？」

美しい顔が途端に曇り、私の頬を気遣わしげに見つめた。

「……殴られてはいません。ただ自分で転んだだけですから」

妹に逆らったから、その婚約者に殴られたなんて恥ずかしくて言えない。

だって、それを許容する両親の話もしなければいけないし、その話をすれば私が家族から虐げられて、少しも愛されていないことがわかってしまうから。

自分が家族の誰からも愛されない存在だなんて言いたくない。惨めで恥ずかしいことだもの。

「転んだ……家はどこ？　送っていこう」

「家には戻りたくありません」

「だったら、わたしと一緒においで。エリザベッタの命の恩人だからね」

私に差し出したほっそりとした指はとても美しかった。

その手に自分の手を重ねた途端に憂いを帯びた表情に変わる。大天使様は私のアカギレした手をじっと見つめていた。

「ごめんなさい。私の手が汚かったですか？」

「違うよ。うちの下働きのメイドより手が荒れているから少し驚いた。可哀想に。屋敷に戻ったら手に塗る香油をあげよう。これじゃぁ、きっとずいぶん痛かったろう？」

香油はホホバオイルやアーモンドオイル等に、ローズやベルガモットの香りのするエッセンシャルオイルを少しだけ混ぜたものだ。流行っているけれど、とても高価で私には手が届かない高級品。

「そんな貴重なものはいただけません。だって当たり前のことをしただけですから」

「その当たり前のことをできない人間はけっこう多いと思う。君は素晴らしいよ。わたしはとても感謝している。さぁ、乗って」

フィントン男爵家の馬車なんて比べものにもならないほど贅沢な馬車で、中に乗ればふかふかの座席に身体が沈み込むような感覚がした。

この方はとても綺麗だ。キラキラ光る黄金の目は二重のアーモンド形で、高い鼻梁に形の良い唇は絵に描いた大天使様のように整っている。

両親もベリンダもデリク様を美しいと褒めていたけれど、この方の美しさには遠く及ばない。

これはきっと夢よ。このような方が私なんかに優しくしてくださるわけがないし、私がおとぎ話に出てくるような馬車に乗れるわけがないもの。

ゆっくりと走り出した馬車は心地良く揺れて……瞼が自然と下がっていく。

「……これが夢なら……どうか覚めないで」

私は無意識にそんなことを呟いていた。

「……に着いたよ。目を覚まして」

男性のバリトンボイスが心地良く響く。すごく優しくて甘い声だ。

「素敵な声、この声すっごく好き……」

私は声のする方角に手を伸ばす。

きっとこれは夢の続きね。とても良い夢を見ていた。大天使様と一緒に乗った馬車の座席はふかふかでとても居心地が良かったわ。

「お願い。起こさないで……まだ夢から覚めたくないの」

「そうか。それじゃぁ、仕方ないね。わたしが抱き上げて運ぶからそのまま眠っていなさい」

私の身体がいきなり宙にふわりと浮いた。

「え？　え？　ちょっ……待って、待ってください」

目を開けると夢に見た男性が私を腕に抱いていた。

夢じゃなかったんだ！

「わたしの声が好きと言ってくれてありがとう。褒めてくれたから、もう少し寝ていてもいいよ。このままポールスランド伯爵邸に運んであげよう」

寝言を聞かれたのも恥ずかしかったけれど、ここがどこなのかを知らされて戸惑った。

「……嘘……ここはポールスランド伯爵邸なのですか？」

「そうだよ。わたしはポールスランド伯爵家の長男、コンスタンティンだ。よろしくね。ちなみに年齢はまだ十八歳だけれど、いつももっと年上に間違われるよ」

十八歳？　確かにもっと年上の方だと思っていた。落ち着いた物腰とそのバリトンボイスのせいかしら？　伯爵家の方だったらデリク様よりずっと身分が高い方だわ。

お姫様抱っこをされながら目の前にそびえ立つ巨大な建物を見た。王子様やお姫様が住むおとぎ話のお城にしか見えないし、中に入るとその内装の豪華さにも息を呑む。

玄関の扉を開けると吹き抜け天井になっており、大空間が広がる。その先には中庭が見え、左右に分かれて続く廊下でさえとても広く、天井には絵画が描かれきらびやかなシャンデリアがつり下がっていた。

一方の壁には金の額縁に飾られた女性達の肖像画が並び、他方はガラス張りになっており中庭が眺められた。そこには季節の花々が見事に咲き誇り、庭に出られるように等間隔で掃き出し窓になっていた。

「ポールスランド伯爵邸は中庭を中央において、ぐるりと部屋がある構造になっているのさ。正面の庭と中庭には大きな噴水もあるし、ふかふかのソファを置いた広めのガゼボもあるから後で案内してあげよう。壁側に掛かっている肖像画は歴代のポールスランド伯爵夫人だよ」

コンスタンティン様が説明しながら歩いていくと、廊下の遙か先からパタパタと足音をさせて誰かが走ってくるのが見えた。

昼間の女の子だわ。

コンスタンティン様と同じ金髪に黄金の瞳でとてもよく似ている。

「お帰りなさいませ、お兄様！　あなたは今日、私を助けてくださったお姉様ですね？　あの時は助けてくださってありがとう！　私はエリザベッタです。え……？　頬が……赤くなっていますよ……唇には血の痕もあるわ」

「これはなんでもありません。ちょっと転んだだけですから。それより、コンスタンティン様、自分で歩けますから私を下ろしてください」

「大変！　靴にも血がついているわ。足も怪我しているのね？　どうしよう。足の傷はきっと私のせいですよね？　大丈夫ですか？　痛いでしょう？　すぐに手当をしてもらいましょう。お兄様、この方をそのまま抱きかかえて、早く居間まで運んであげて！」

エリザベッタ様は私の足の怪我に気がつくと、とても心配して私に何度も痛くないかと尋ねてくださった。この方はなんて優しいのだろう。

「よしよし、泣かないで。痛いの痛いの飛んでけぇー！　このおまじないはね、とても効くのよ。だからもう大丈夫」

　エリザベッタ様に言われて、自分が涙を流していることに気がつく。

　あら？　なんで私は泣いているのかしら？

「エリザベッタ、グレイス嬢はきっと痛くて泣いたのじゃないよ。エリザベッタが心配してくれたから嬉しかったのだよね？　そうだろう？」

　まったくその通りだ。コンスタンティン様は人の心が読めるのかしら？


　居間に着くとコンスタンティン様とエリザベッタ様にとてもよく似た男性が、こぼれんばかりの笑みを浮かべて話しかけてくださった。けれど、私の頬を見て表情を曇らせる。

「ありがとう、本当にありがとう！　このお転婆娘を助けてくれたのだろう？　エリザベッタは後先考えず衝動的に行動することがあるが、まさか川に飛び込んで猫を助けようとするとは思わなかった。君はエリザベッタの命の恩人だ。ん？　ちょっと待て。その頬はどうした？」

「お父様、この方は足も怪我しているみたいよ。靴に血がついているもの」

「この足は水底にちょっと引っ掛けてできたものです。こんなのはすぐに治りますから大丈夫です」

　私は大袈裟にしたくなくて、足をワンピースの裾で隠そうとした。けれど、ベリンダのお下がりは丈も短くて足が隠れない。

「ちょっとこちらを向いて顔をしっかりあげなさい。頬には痣が浮き上がり始めていますよ。なんてこと……女の子なのに顔に怪我を負うなんて！　その足もお見せなさい。隠してはいけません。まぁ、爪が剥がれかけているではないの！　酷い怪我だわ」

そうおっしゃったのは黒髪に黒瞳《こくとう》の背の高い女性だった。

ほっそりとした体型で、髪型は後ろにきっちりとシニヨンにまとめ、凛とした美しさが際立つ。ブルーグレーのシンプルなドレスに身を包み、見事なカナリーイエローと呼ばれる鮮やかな発色のイエローダイヤモンドの指輪をつけていた。

ポールスランド伯爵様やコンスタンティン様、エリザベッタ様の瞳色によく似た大粒のイエローダイヤモンドをつけた女性は、涼しげな切れ長の目に怒りを宿し、語調がとてもきつかったので、私はすっかり怖じ気づいてしまう。だからいつものようにすぐ謝った。

「ご、ごめんなさい。怪我をしてごめんなさい。足の傷は私の不注意ですし、頬は転んだだけですからたいした傷ではないのです」

幼い頃から怪我をすると両親からずっと怒られてきた。「グレイスがそそっかしいから怪我をしたのよ」とか「のろまで愚図だから怪我をするのよ」などと責められてきた記憶が蘇る。

消毒薬や飲み薬は高価だし、小さな絆創膏でさえ自由に使えるのはベリンダだけ。傷や怪我の手当をしてもらったことはなかった。

「あらあら、ごめんなさい。怖がらせてしまったかしら？　その頬を見て、つい殴った者に憤りを感じてしまったの。女の子を殴るなんて野蛮ですし、そこまで痣になるのならきっと男性に思いっきり殴られたのでしょうね」

「……殴られてはいません」

震える小さな声で返答した。

「それはどう見ても殴られた痣でしょう。言いたくないことは誰にでもあるでしょうから、無理に聞きはしませんが、とにかく手当はしなければなりませんよ」

「自然に治りますから大丈夫です」

「自然に治るですって？　適切な治療をしないとダメですよ。足の怪我も消毒しなければいけません。ばい菌が入ったら治りも遅くなるし、思わぬ感染症になるかもしれません。今すぐお抱えの医者を呼び出しますから、とりあえずその頬を冷やし、足を清潔なぬるま湯で洗いましょう」

「お医者様ですか？　私なんかのためにもったいないです。病気も怪我も今まで自然に治してきましたから大丈夫なのです」

「ばかなことを言ってはいけません！　自然治癒なんて野生動物ではないのですよ」

一見冷たそうに見えたその女性はポールスランド伯爵夫人だった。

夫人は氷水に浸した清潔なタオルを私の頬に当て、ぬるま湯に浸した私の足を自ら優しく洗ってくださった。慈愛に溢れた女性であるとすぐにわかり、一瞬でも恐ろしいと思ってしまった自分が恥ずかしい。

まもなくいらっしゃったお医者様は、別室で怪我の治療以外にも悪いところがないかを丁寧に診察してくださった。

この世界ではお医者様に診ていただくのはとてもお金がかかるのに、私の怪我を治す方がなによりも大事だと思ってくださるポールスランド伯爵家の方々が不思議だった。

こんなに良くしていただいて良いのかしら？

たまたまエリザベッタ様が溺れていたところに出くわしただけで、特別なことなんてなにもしていないのに。

私はポールスランド伯爵家に泊まらせていただくことになった。

このような立派なお城に私がいてもいいのかしら？

「ディナーの時間まではまだ間がありますからね。エリザベッタのお隣のお部屋で休んでいなさい。そこをグレイスのお部屋としましょう」

夫人がエリザベッタ様に、私をお部屋に案内してあげるようにとおっしゃった。

「うふふ、嬉しいわ。グレイスお姉様、お部屋に案内しますね。私、お姉様がずっと欲しかったの。さぁ、ここがグレイスお姉様のお部屋よ。私は隣のお部屋。なにか足りない物があったら言ってね」

エリザベッタ様が二階に案内してくださり、部屋の扉を開けながら屈託のない笑みを浮かべた。

私は困惑しつつ告げる。

「グレイスと呼び捨てでお呼びください。伯爵家のお嬢様とこうしてお話するのさえ緊張しますのに、『グレイスお姉様』などと呼ばれては恐れ多くてお返事もできません。それにこのような広いお部屋をお借りして良いのですか？　すごく綺麗だしベッドに天蓋がありますよ。おとぎ話に出てくるみたいです」

「わかった。じゃぁ、グレイスと呼ぶわね。ベッドに天蓋があるのは普通だと思っていたけれど、グレイスはそれが嬉しいの？　それなら私も嬉しいわ」

「はい。とても嬉しいのですが、落ち着きません。私はメイド部屋でも良かったのですけれど、なぜ使用人の部屋ではないのでしょうか？」

私が首を傾げると呆れながらエリザベッタ様が頬を膨らませた。

「ポールスランド伯爵家は娘の命の恩人をメイド部屋に案内するほど恩知らずじゃないわよ。でもポールスランド伯爵邸のメイド部屋はそれほど酷いところじゃないけどね。屋根裏部屋だけれど清潔で天窓はあるし、ライティングデスクに一人掛けソファもあるのよ。ベッドに天蓋はないけどね」

「そうなのですね。だったらポールスランド伯爵夫人に、メイド部屋に移らせてもらえるようお願いしてみます」

笑顔でそう言うと全力で止められた。

「いいからグレイスはこのお部屋でゆっくり寛いでいなさい。これは命令よ。そこのソファにでも座るか、ベッドに横になっていらして」

エリザベッタ様にそう言われたら、ここにいるしかなさそうだ。

ふかふかの絨毯はクリーム色で私が歩いたら汚れそうで怖い。淡いブルーの二人掛けソファは、座った途端に身体が沈み込むほど柔らかかった。ソファの前には大理石のテーブルがあり、部屋の隅にはライティングデスクと椅子がある。窓際には白地に青薔薇が描かれた三面鏡が置かれ、およそ生活をするのに必要な物は揃っていた。天井にはキラキラ光るシャンデリア。バルコニーに通じる掃き出し窓に掛かっているドレープカーテンにも青薔薇の刺繍がほどこされ、ベッドの天蓋につけられたカーテンは白とブルーのオーガンジー生地だった。

何度もお部屋を見回して、これが夢じゃないのかと不安になる。

私なんかがこんな素敵な部屋にいてもいいのかな……

「ここはブルーを基調にしたお部屋なのよ。ちなみに私のお部屋はベビーピンクを基調にしているわ」

「こんなに素敵なお部屋で過ごせるなんて夢みたいです」

「夢なんかではないわ。これは現実よ。じゃぁ、夕食の時間にまた会いましょうね！」

エリザベッタ様は朗らかに笑いながら去っていった。

あまりにも立派なお部屋なので、落ち着かない。

「グレイス、コンスタンティンだ。ちょっといいかい？　あげたい物があるのだが」

コンスタンティン様が扉をノックしながらそうおっしゃった。

「はい、どうぞ」

私は慌てて扉を開けた。次の瞬間、視線がコンスタンティン様の手元に吸い寄せられた。見たこともないほど綺麗な瓶を持っていたからだ。

「これをどうぞ。手に塗る香油だよ。身体全体に使えるからね。なくなったら遠慮なく言っておくれ」

開けてみると、とてもかぐわしい薔薇の香りが漂う。

「このような高価な物をいただいてよろしいのでしょうか？」

「もちろんだよ。じゃぁ、夕食時にまた会おう」

去っていくコンスタンティン様が見えなくなるまで扉の前で見送った。

そうして、いただいた香油を大事に両手で持ってお部屋に戻る。

そっとテーブルの上に置いて、また蓋を開けて芳香を楽しむ。甘く華やかで優雅な薔薇の香りに再度包まれて、思わず笑みがこぼれた。

これほど高価な物を使うなんてもったいない。

まして、コンスタンティン様がくださった物だから、一生の宝物にしなくっちゃ。

私はお部屋の飾り棚にそっとそれを置いた。

手につけたらすぐになくなっちゃうもの。そうしたらこの世界も一緒に消えてなくなりそうな気がする。

柔らかなソファに座り、飾り棚の瓶を見つめていると幸せな気分で満たされた。

「グレイス様、起きてくださいませ。まもなくディナーのお時間です。奥様の独身時代のドレスにお着替えしましょう」

侍女に揺り動かされて、私はソファで寝ていたのだと気づいた。

「私が着たら汚れますよ。もったいないです」

私がドレスを着るのを遠慮しようとすると、侍女は私を備え付けのバスルームに連れていった。

フラメル家ではバスルームは屋敷に一つしかなかったのに、こちらではプライベートルームにバスルームは必ずついているという。

すでに浴室にはお湯が溜められ、私はあっという間にそこで綺麗に磨かれた。恥ずかしがる暇もなく身体を洗われ、ラベンダー色のドレスを差し出される。

「奥様はグレイス様に着てほしいとおっしゃっています。これを着ていただかないと、奥様ががっかりされますよ。さぁ、早く着替えてしまいましょう」

「こんなに綺麗なドレスをお借りするなんて申し訳ないです。でもポールスランド伯爵夫人をがっかりさせるのは嫌です」

私はそう言いながら、侍女にドレスを着させてもらった。

ドレスは私に誂《あつら》えたようにぴったりの丈だったけれど、ウエストもバストもかなり余裕があった。

鏡の前に立つとドレスは素敵なのに、それにそぐわない痩せ細った私の姿が映る。身に着けるのに手伝いの侍女がいるほどの高価なドレスを着たのは初めてだった。

「お似合いですよ」

「私なんかには似合いません。髪も枯れ葉みたいな色でパサパサだし、肌も血色が悪くてぜんぜん可愛くないですから」

「髪は確かにだいぶ傷んでいますね。ですけれど、これから手入れをきちんとされれば見違えるようになります。血色が悪いのは栄養が足りていないのではないでしょうか？　痩せすぎだと思いますが、こちらにいればきっと健康的な身体になります。それに、グレイス様は可愛いというより美しい方ですよね」

私はポカンと口を開けてこの侍女を見つめた。

美しいと言われたのは生まれて初めてだ。フラメル家にデリク様が伴って来る侍女達は、いつも私をバカにして冷ややかな態度を取るから。

「名家の侍女になるには家柄と教養が必要なのですわ。気やすく話しかけないでくださいね。あなたとは違うのですから」

デリク様の侍女からはいつもそんな言葉を投げつけられていた。貴族の侍女達は意地悪な人が多いのだと思っていたのに、この侍女は違うようだ。

「あ、あのぉー、私と仲良くしていただけませんか？」

おそるおそる聞いてみる。

「まぁ、良いですとも。私はレーアと言います。よろしくお願いしますね」

「レーアさんもやっぱり貴族なのですか？　名家の侍女は家柄が良くないとなれないと聞いたことがあります」

「いいえ。私は平民ですよ。このお屋敷の侍女達は皆平民です。ポールスランド学園で学び、さらに一年間侍女になるための学校に行き、必要な知識を身につけてこちらに雇っていただきました。ポールスランド伯爵領では教育に力を入れています。平民でも同じように機会を与えたいというお考えの領主様ですから」

「すごい。ポールスランド伯爵様はとても良い方なのですね」

「えぇ、とても立派な方ですよ。ただ、名家の侍女は家柄が良くないとなれないのは事実だと思います。おそらく侯爵家以上の家柄では貴族の子女ばかりが雇われるでしょう。ちなみにポールスランド伯爵夫人のご実家は名門ウォルフェンデン侯爵家です」

貴族にもいろいろあるのね。

男爵家でさえすごいと思っていたし、雲の上の方達だと思っていたのに、ポールスランド伯爵夫人のご実家はさらにその上の存在だった。

「さぁ、皆様がお待ちかねですから、早速ディナー用の食堂へまいりましょう」

一階に降りて三つ目の扉を開けると、そこは広々とした空間にとても長いテーブルが中央に置かれている大食堂だった。

「お客様がこれから大勢いらっしゃるのですか？」

「いいえ、家族しかいなくてもディナーはこの大食堂で食べますよ。もちろん、席を詰めるので片側のスペースは無駄になりますけれどね」

ポールスランド伯爵夫人が説明してくださるところによれば、さきほど階段を降りて通ってきた一つ目の扉の部屋は最初に案内された場所で、家族団らん用の居間だそうだ。

二つ目の扉は朝食用の小さめの食堂とのことだった。

このお屋敷はどこもかしこも贅沢な調度品で飾られ、足下にはふかふかの赤い絨毯が廊下にまで敷かれて食堂も二つあった。

やはり住む世界が違いすぎる方達なのね。

大食堂にはすでに伯爵家の方々が揃っていた。

長方形の短辺の一人分の席にポールスランド伯爵が座っていらして、長辺の両側にコンスタンティン様とポールスランド伯爵夫人が向かい合って座っている。ポールスランド伯爵夫人の隣にはエリザベッタ様が座り、コンスタンティン様が自分の隣に座るように私におっしゃった。

お待たせしてしまったかも。どうしよう？

私は動揺しながらもポールスランド伯爵夫人に話しかけた。

「このような素敵なドレスを貸していただいて申し訳ありません。汚してしまわないかと心配です」

「『申し訳ありません』ではなくて、このような場合は『ありがとうございます』と言った方が良いですよ。昔のものをとっておいて良かったわ。ドレスの丈もぴったりですし、どうやらあなたは昔の私の雰囲気に似ているようね。娘がもう一人増えたようで嬉しく思っていますよ。さぁ、コンスタンティンの隣の席にお座りなさい」

そうか、この場合はお礼を言うべきなのね。

「はい。では言い直します。このような素敵なドレスを貸していただき、ありがとうございます」

そう申し上げるとポールスランド伯爵夫人とコンスタンティン様がにっこりした。

ちょっとだけホッとする。

コンスタンティン様の隣の席に着くと和やかに食事は始まった。

テーブルマナーがおぼつかない私は、戸惑いながらもお皿の両側にたくさん並べられたカトラリーを見つめた。

隣に座っていたコンスタンティン様は察したようで、私に目配せしながら左側にある一番外側のフォークを優雅に取ってみせた。

前菜から始まってスープにお魚とお肉が順番に運ばれてくる。フラメル家では私が料理をしていたので、使ったフライパンや鍋を洗い、厨房を綺麗に片づけてからでないと食事をしてはいけなかった。だからいつもお父様達が先に食べて残り物が私の食事になった。温かい料理が食べられるなんて久しぶりだ。

嬉しい。どれも本当に美味しいわ。

コンスタンティン様の手元をチラチラと見て、マナーを学びながらゆっくりと食事を味わった。

「マナーは今すぐ覚えなくても良いのよ。少しぐらい間違っても、グレイスを笑う人は誰もここにはいません。気楽に召し上がれ」

ポールスランド伯爵夫人はそうおっしゃったけれど、やっぱり皆さんと同じようにマナーを守って私も食べたかった。コンスタンティン様は私が学べるようにゆっくりとカトラリーを持って、お皿のお肉も左側から一口大に切っていくところをわかりやすく見せてくださった。

本当に気持ちの優しい方で面倒見が良いのだと思う。

「そうそう、上手に食べられているよ。これならわざわざ教えなくても、こうして一緒に食べていれば自然に覚えるね。とても優秀な生徒さんだ」

コンスタンティン様がジョークも交えて褒めてくださった。すごく嬉しいのに、なんと答えて良いのかわからない。

困った顔をしながら黙っていると、優しくポールスランド伯爵夫人がおっしゃった。

「緊張しなくて良いのよ。褒められたら素直に『ありがとうございます』と言いましょう。謙遜や卑下はスマートな女性がすることではありません。にこやかな笑顔でお礼を言いましょうね」

ポールスランド伯爵夫人の言葉に頷いた。

「はい、ありがとうございます」

ぎこちない笑顔だったかもしれないけれど、一生懸命微笑んでお礼を申し上げた。

嬉しいことを言われたら『すみません』ではなくて『ありがとう』と言えば良いのね。謙遜や卑下したり否定してはいけない。覚えておかなくちゃ！

「ポールスランド伯爵家の料理は美味しいかい？　今日は自慢のコックが腕によりをかけたのだよ。可愛いお客様がここにいるからね」

コンスタンティン様が話しかけてくださって、私を可愛いと表現なさった。

私が可愛いなんてあり得ないからこれは社交辞令だと思うけれど、こうしておしゃべりをしながら食事をするって、なんて楽しいのだろう。

「はい、とても美味しいです。誰かと食事をするのは久しぶりです」

余計なことを言っちゃった。どうしよう……

言ってからすぐに後悔したけれど、コンスタンティン様にはしっかり聞こえていた。

「いつもは家族と食事をしないのかい？」

「はい。あっ、いいえ。えぇっと、一緒に食事ができないのは私のせいです。料理に手間取るし、後片付けも遅いからなのです」

ほんの少し沈黙が訪れる。この静寂が怖い。

「料理に手間取る……まさか君が料理を作っていたのかい？　コックも母親もいなかったのだね？」

コンスタンティン様の問いかけに、これ以上は聞かれたくないなと思いながら、遠慮がちに首を横に振る。お母様は決してお料理はしない人だった。いつも長く爪を伸ばし珊瑚色の爪紅を塗っていたし、手が荒れることをとても嫌っていたから。

「ここでは家族揃って皆で食事をするよ。もう一人で食べなくてもいいし、料理も後片付けもしなくていいからね」

もっといろいろ家族のことを聞かれるのかと身構えていたら、そんな優しいことをおっしゃったので涙が私の頬を伝う。ここに来てから悲しくもないのに泣いてばかりいる。

緊張したけれど楽しい食事が終わり、最初に通された家族団らん用の居間に移って紅茶を皆で楽しんだ。その部屋の隣は来客用の応接室で、それぞれ広さも用途も違う応接室があと二部屋もあるそうだ。

なにもかもが桁違いで、やはりこれは夢の世界なのかしら、とも思う。

居間ではエリザベッタ様が読んだことのない本のあらすじを教えてくださって、あんまり楽しくて夢中になって聞いていていた。

すると、ポールスランド伯爵夫人が私の目の前に本をスッと差し出した。

「本が好きなようね？　だったら、この本を貸してあげましょう。読み終わったら別の本も貸してあげますよ。グレイスの年齢までに読んでおくべき本はたくさんありますからね。本は自室に持っていってもいいですよ」

綺麗な挿絵がたくさん描かれた小さい子供向けの童話だった。ベリンダが持っていた本で見かけたことがあったけれど、読ませてもらえないまま時が過ぎた。

「肝心なことを忘れていたわ。グレイス、字は読める？　読めなければ教えてあげますよ」

「大丈夫です。家にメイドがまだいた時、ちょっとだけ字と簡単な計算を教わりました。ポールスランド伯爵領の商店街に行くようになってからは、八百屋のおばさんにはお金の勘定を、文房具屋のおじさんには綴りを教えてもらい、いつも新聞を読んでいる本屋のおじさんは新聞の読み方と意味を教えてくれました」

「まぁ、とても素晴らしいわ。生活に根付いた知識は大事ですよ。グレイスを見ていると、周りの人達が力になってあげたくなるのでしょうね。とてもよくわかりますよ」

ポールスランド伯爵夫人はそうおっしゃって褒めてくださった。

ここではいつも誰かが褒めてくださる。

就寝の時間になり、ポールスランド伯爵夫人がコンスタンティン様とエリザベッタ様に二階の廊下で優しく声をかけたのが印象的だった。

「良い夢を見てゆっくりお休みなさい。また明日の朝には元気なお顔を見せてちょうだいね」

そんなような言葉だったと思う。

なんて温かい言葉だろう。

ポールスランド伯爵夫人からお借りした本を大事に抱えながらお部屋に持っていき、ソファで寛ぎながら挿絵を眺めた。繊細なタッチで描かれた挿絵を楽しい気分で見ていく。

やがて侍女が来て私を寝間着に着替えさせてくれ、柔らかなベッドに横になった。

フラメル家で寝ていた布団は湿気を帯びており、かなり使い古された物だった。私の部屋は一日中ほぼ日が当たらなかったから、壁紙のところどころにカビも生えていた。

でもここのお布団はすごく良い香りがする。

お日様の匂いとハーブのような香り……なんだろう？　この香りは大好きだ。

ふかふかの羽毛布団にくるまって、自然と笑みがこぼれた。

美味しい物でお腹はいっぱいだし、気持ち良くてここはとても安心する。

「お願い、夢なら覚めないで……」

何度もこの言葉が出てきてしまう。だって、今がとても幸せだから……目が覚めたらフラメル家のベッドだったらどうしよう、と不安になる。

家出をしたのは確かだから、目が覚めたら路地裏で一人ぼっちだったらどうしようとか、いろいろ考えたけれど……最後にはコンスタンティン様の優しい笑顔が思い出されていつのまにか眠りに落ちていた。

朝になり、パチリと目が覚めてあたりを見回す。

天蓋付きベッドに横たわっている自分の頬を軽くつねった。

「痛い……夢じゃないんだ……」

そう呟いたタイミングで扉を叩く音がし、レーアさんが入ってきた。手には昨日お借りしたものとは違うドレスを持っている。

「本日はライトブルーのドレスをお召しください。昨夜はよくお休みになられましたか？」

「えぇ。とても良い香りに包まれて、ぐっすり眠ることができました」

「それは良かったです。寝具にアロマミストを吹きかけておいたのですよ。ラベンダーやオレンジスイートにマジョラムスイート等を配合したものです。質の良い睡眠を誘うと言われています」

「だからよく眠れたのね。レーアさん、ありがとう」

「どういたしまして、喜んでいただけて嬉しいです。それと私のことはどうか呼び捨てでお呼びください。グレイス様がこちらにいる間は、私が専属侍女になりますので『さん』付けは不要です。私、自分から立候補したのですよ。グレイス様にぜひお仕えしたかったのでね」

「ありがとう、レーアさん……じゃなくて、レーア」

「もちろんですとも。誠心誠意お仕えします」

丁寧に頭を下げる姿に恐縮した。

「私なんかに仕えてくれるなんて申し訳ないです」と、思わず言いそうになる。

でもポールスランド伯爵夫人が昨日おっしゃったわ。嬉しい時は素直にお礼を言えば良いって。

「ありがとうございます」

だから、私はポールスランド伯爵夫人に教わったように、にこやかな笑みをたたえてお礼を言う。

レーアはさらに頭を深く下げた。

んー。ちょっと気恥ずかしいし、申し訳ない気持ちになってしまうわね。

ドレスに着替えさせてもらい、朝食を取るために食堂に向かった。先日寛いだ居間と大食堂に挟まれているのが朝食用の小さめの食堂だった。

レーアが扉を開けるともうすでに皆様が揃っていて、ポールスランド伯爵家の方々がにこやかな笑顔を向けてくださった。こちらの部屋は広さもテーブルの大きさも大食堂の半分ほどだ。

「おはよう、グレイス嬢。よく眠れた？」

コンスタンティン様が気さくに話しかけてくださり、エリザベッタ様は愛らしく手を振ってくださった。

「はい、ぐっすりと眠れました」

そう答えると、今度はポールスランド伯爵夫人が私に思いがけないことをおっしゃった。

「グレイス。このポールスランド伯爵家にずっといなさい。エリザベッタの話し相手になってもらいたいのよ。これはエリザベッタの希望でもあるの」

話し相手？　話すだけでいいの？

不思議な気分だった。話すだけでこんなに居心地の良い場所にいさせてもらえるなんて……

「本当にこちらにずっといていいのですか？　私のようななにも取り柄がない者が、エリザベッタ様のお話し相手になれるのでしょうか？　学園にも通ったことがありませんし、なにをすればいいのかもわかりません。申し訳ない気持ちでいっぱいです」

「グレイス。先日、私が教えたことをもう忘れてしまったの？　ポールスランド伯爵家にずっといて良いと言われて、あなたは嬉しかったの？　それとも迷惑だった？」

「もちろん、これ以上ないくらい嬉しくてありがたいです！」

「だったら言う言葉はわかるわね？」

「はい、ありがとうございます！」

そうお礼を言いながらも、やっぱり申し訳ない気持ちに変わりはない。

私に行く場所がないとわかっていて、同情でおっしゃってくださっていると思ったからだ。


エリザベッタ様はポールスランド学園に午前中だけ通う。もう少し上の学年になると午後からも授業があるらしいけれど、今は早い時間にお戻りになる。その間はポールスランド伯爵邸で好きなことをして待っているように言われた。

でも、エリザベッタ様がまた川に飛び込んだり木に登ったりするかもしれないと思うと心配だ。

私は泳ぐのも木登りも得意だから、一緒に付いていってさしあげた方がいいかも。

私は学園に通ったこともないし、近所の子と遊んだこともない。だから一人で時間がある時は、フラメル家の裏庭にある大きな木に登った。そこは私の秘密の隠れ家だった。お気に入りの本や綺麗な石やビー玉、そんなものを樹洞《じゅどう》に隠した。

お母様に叱られた時やベリンダに嫌がらせをされた時にはそこで気持ちを落ち着けたし、お父様やデリク様に暴言を吐かれた時はそこで泣いた。だから木登りは大好きで得意だったのだ。

泳ぎも木登りも得意だと話し、エリザベッタ様の送り迎えに同行したいと、ポールスランド伯爵夫人にお願いしてみた。

「確かにそうしてもらったら助かるわ。念のために騎士達も後ろから付いていかせますが、エリザベッタの無謀な行動を止められるのはグレイスだけだと思うから。エリザベッタはグレイスを慕っているようですからね」

ポールスランド伯爵夫人はエリザベッタ様のお転婆に困っているようでもあり、楽しんでいるようでもあった。

「エリザベッタ様のそのような行動力と明るい性格が私は大好きです。ですから、私にできることはなんでもするつもりです」

そう申し上げると、ポールスランド伯爵夫人は顔をほころばせた。

そんなわけで私は、エリザベッタ様の専属侍女の方達に混じって一緒に学園の送り迎えをすることになった。天候が悪い日以外は、エリザベッタ様も平民の子と同じように徒歩で学園に通う。学園の行き帰りに毎日おしゃべりしているうちに、どんどんと仲良しになっていった。

「ねぇ、グレイス。手を繋いでくださらない？　私はずっとお姉様と手を繋いで学園に通う子達が羨ましかったの。いいでしょう？　お願い」

「もちろんです」

私はエリザベッタ様の小さな柔らかな手を握りしめた。

私の顔を見上げてエリザベッタ様がお日様のように微笑んだ。

なんて可愛いの。まるで天使のようだわ。

天使様と一緒にいられて、さらにはあのような素晴らしいお部屋にも住めるなんて……やっぱり恐れ多くて申し訳ない。


ある日のこと、ポールスランド伯爵邸の居間で侍女達もたくさん控えている時に、エリザベッタ様がおもむろに話し始めた。

「学園のお友達のお話よ。その子はね、二人だけでお話している時はとても優しくて良い子だなって思うの。でも、もう一人増えると態度が変わってしまうの。これってお友達なのかしら？」

唐突にそう聞いてくるエリザベッタ様に侍女達は慣れているようだ。

私は学園に通ったことがないし、家の手伝いで忙しかったのでお友達がいない。エリザベッタ様のおっしゃっている意味がよくわからなかった。

「どういう意味ですか？　もう一人増えると態度が変わってしまうとはどうなるのでしょうか？」

「もう一人共通のお友達が来ると、その子とばかりお話をするのよ。三人で話していてもその子の話にはしきりにあいづちを打つけれど、私の話には否定したり、聞こえていないふりをしたりすることもあるわ。でもまた二人に戻ると、とてもにこにこしていて優しいの」

これは複雑な状況だと思った。いわゆる仲間はずれの一種なのかもしれない。

「それは三人という数が良くないのですわ。そもそも女性は三人のグループでは、二対一に分かれる傾向があるのです」

侍女の一人がそう言った。

「そのような態度を取られると悲しいですね。信頼できなくなります」

別の侍女の言葉だ。

「グレイスはどう思う？　この二人は私の友達といえるのかしら？」

友達かどうかと問われればその判断は難しい。

でもわかることが一つだけある。大切に思っている人間にはそのようなまねは決してしないということだ。

「もし私に大切に思う友人がいて、ずっと仲良くしてもらいたいと思ったらほかに親しいお友達が加わってもそんなことはできません。だって嫌われたくありませんし、自分がされたら悲しいと思うことはしないはずです」

「うん、そうよね。つまり、私はその子にとって大切なお友達ではないということよね？　……なにかいつもそんな態度を取られると虚しい気分なのよ。一つ一つは些細なことなのだけど、積み重なるとちょっと重く受け止めてしまうの」

「まぁ、なぜエリザベッタはその二人に拘《こだわ》るのかしら？　ほかにも生徒はたくさんいますよね？その子が後から加わった共通の友人にばかり話しかけるのなら、二人はとても気が合うのでしょう。だったら自分も、もっと気の合う友人を探せばいいわ。そこから離れて別の子に話しかけてもいいし、外なら景色を楽しむなり、学園内なら図書室に行って本を読んでもいいでしょう」

お話の途中からいらっしゃったポールスランド伯爵夫人が、ゆったりとした優しい笑みを浮かべた。

「お母様のおっしゃることはわかりますが、そこから離れて別の子に話しかけるのは、その子達に変なふうに思われませんか？」

「そのように思う子達なら思わせておけば良いのです。自分の機嫌は自分でとることに慣れなさい。もやもやする人達の相手をする時間を、楽しい気分になる時間に変えることができるのは自分の行動だけですよ。ですが、もやもやした思いをしたことも良い経験ですけれどね」

「このような気持ちになることが良い経験なのですか？　少しも楽しくありませんわ」

「そのようなことを自分はしないように気をつけることができるし、人は必ずしも自分の思い通りの言動はしてくれないのだとわかったでしょう？　家の中だけにいたらわからなかったことですよ。ポールスランド学園は身分や家柄に関係なく伸び伸びと学ばせる校風です。だからエリザベッタもそのような経験ができました。王都のマッキントッシュ学園では身分がとても重んじられるので、また違った経験をしたことでしょうね」

「違った経験？」

「エリザベッタ様はおそらくとてもちやほやされたということですよ。ポールスランド伯爵家は筆頭伯爵家で、領地も広大でとても豊かです。しかもエリザベッタ様のお母様は、名門ウォルフェンデン侯爵家の唯一のご息女ですから、お兄様のコンスタンティン様はいずれウォルフェンデン侯爵もお継ぎになられるでしょう。それにアンドレアス王太子殿下のご学友です。マッキントッシュ学園でエリザベッタ様にさきほどのようなことをできるご令嬢はまずいないでしょうね」

侍女達が口を揃えてそう言った。

貴族の中では厳格に身分が分かれているのね。そして子供もそれに従って行動しないといけないわけね。

私は雲の上の方達のお話をとても興味深く聞いていた。

それからも女の友情論が続き、とても勉強になった。私だったら三人になったら三人で盛り上がれるお話をしたいし、仲間はずれに自分がするよりもされた方が気楽だと思う。今までだって家族の中では仲間はずれのようなものだったし、その頃だって木に登って気分転換をしたり、ポールスランド商店街のおばさん達とおしゃべりができた。

ポールスランド伯爵夫人のおっしゃったように『自分の機嫌は自分でとる』ということは大事だな、と思ったのだった。

❀ ❀ ❀

わたしはコンスタンティン・ポールスランド。

ポールスランド伯爵家の長男で、王都にあるマッキントッシュ学園に通うため、七歳から十七歳までは王都のタウンハウスで過ごすことが多かった。

少し長めの休みがある時だけ帰るわたしなのに、妹のエリザベッタはとても懐いてくれた。ポールスランド伯爵邸から学園に戻ったわたしに、たまに綴りを間違えながらも可愛い手紙をよく送ってくれたものだ。

わたしは去年マッキントッシュ学園を卒業し、ポールスランド伯爵領に戻ってきて間もない。エリザベッタはマッキントッシュ学園に通わなくてはいけない年齢ではあったが、わたしと入れ違いに王都に行くのをためらった。

「エリザベッタは領地内のポールスランド学園にしばらく通えばいいさ。コンスタンティンが大好きな子だから、そばにいさせてあげよう。子供達の仲が良いことは素晴らしいことさ」

エリザベッタに甘い父上はすぐに妥協案を出した。

「そうね。女の子ですし、無理に王都のマッキントッシュ学園に行かせなくてもいいでしょう。途中から編入させても良いですしね」

代々ポールスランド伯爵領では教育に力を入れていたので、ポールスランド学園内の施設はマッキントッシュ学園に負けず劣らず充実していた。ポールスランド記念講堂は二千人を超える収容人数を誇るし、体育館に音楽室や美術室などには運動器具や楽器類、画材なども種類豊富に揃っている。だからエリザベッタがマッキントッシュ学園にわざわざ通わなくても、ポールスランド学園で充分な教養が身につくはずなのだ。

「嬉しいわ。だって私がマッキントッシュ学園に通うことになったら、お兄様とまた離ればなれになっちゃうもの。しばらくはポールスランド伯爵領でお兄様に甘えたいわ」

エリザベッタは、はち切れんばかりの笑顔を見せた。

そんなわけでエリザベッタは領地内のポールスランド学園に通っていた。わたしは妹をとても溺愛していた。


ある日のこと、エリザベッタは午前中だけの授業を終えた帰り道で、猫が川で溺れかける場面に遭遇したらしい。自分が泳げないのも忘れて無謀にも川に飛び込み、自分も溺れそうになったところを一人の女性に助けられたという。

「なんて無茶なことをしたのだ？　もしその女性に助けられなかったら、死んでいたかもしれないのだよ」

濡れたワンピースのまま猫を抱きしめて帰ってきたエリザベッタを、わたしは叱りながらもタオルで拭いた。専属侍女達の説明に平常心を失いかけるほど動揺したのだ。その女性が通りかからなかったらエリザベッタは死んでいたかもしれない……想像するだけで、恐怖で胸が押しつぶされそうだ。

「すぐに入浴の準備をして、エリザベッタの身体を温めてほしい。まったく外出中の母上や父上が聞いたら卒倒するよ」

「申し訳ございません！　私共が目を離した隙にあっという間に飛び込んでしまわれて。私達がお助けしなければいけないのに、流れが速い川でしたから、とても飛び込めなくて」

「いいや、お前達を責めてはいないよ。無謀なエリザベッタに怒っていたのさ。その助けてくれた女性のことを詳しく教えておくれ。お礼を言いに行きたい。大事な妹の命の恩人だからね」

エリザベッタの専属侍女達からその女性のことを詳細に聞き出して、すぐさまラファッシニに向かった。店員はずぶ濡れの女性がお目当ての菓子を買えず、うなだれて帰っていったと教えてくれた。

「倍の金を出すからそれを今から焼いてくれないか？　わたしはコンスタンティン・ポールスランドで、ポールスランド伯爵家の長男だ。その女性は妹の命の恩人なのだよ」

「……かしこまりました。すぐに焼きます！」

「我が儘を言ってすまないね」

この店は王都にもある一番人気菓子店の支店で、ポールスランド伯爵領の民にも気軽に食べてほしくて、わたしが本店オーナーに持ちかけて出店してもらった経緯があった。王都にまで出向くことなく食べられる都会の味に、伯爵領近辺の領地からも買い求めに来る客は多かった。

探すべき少女の名前はグレイス・フラメル。

ポールスランド伯爵領の商店街まで、毎日のように買い物に来ているという情報は商店街の店主達から聞き出した。住まいは隣のフィントン男爵領とわかり、道行く人に聞きながらも彼女の家を探す。

やがて、一人で街頭の下に佇んでいる女性を偶然見つけた。

「ちょっと、そこの君！　グレイス・フラメル嬢の家を知っていたら教えてほしい」

「グレイス・フラメル……それは私ですけれど、どのようなご用件でしょうか？」

声をかけると偶然にも当人に出会えた。運が良い。

事情を説明し、彼女が探し求めていた菓子を手渡す。

ところが、てっきり喜んでくれると思ったのに、あまり嬉しそうではない。

「……ありがとうございます。でも、もう必要なくなりました」

俯きながら小さな声でそう言った。

「グレイス嬢、よく顔を見せてごらん。……頬が腫れているよ。エリザベッタの命の恩人を殴った奴は誰だい？」

「……殴られてはいません。ただ自分で転んだだけですから」

頬だけ怪我をするように転ぶなんてできるわけがないと思う。

家まで送ると言ったが彼女は戻りたくないと言った。

彼女の様子を見てわたしは伯爵家へ誘う。

ここに置き去りにはできないし、頬の赤みが気になって放っておけない。

彼女に手を差し出し馬車に乗せようとすると、アカギレの目立つ指に驚いた。

「ごめんなさい。私の手が汚かったですか？」

汚いなんて思うはずがない。必死に働く者の手をバカにする者がいるとしたら、その者こそが愚か者だ。

後で香油をあげると言うと、当たり前のことをしただけだからそんな貴重な物はもらえない、と言った。心のまっすぐな優しい子だと思う。

妹の話し相手としても良い人材だ。きっと両親も歓迎してくれるはず。

馬車に乗せてまもなくすると、彼女はうとうとと眠りに落ちたけれど、わたしはその小さな呟きに心を締め付けられ、思わず彼女の髪を撫でた。

「……これが夢なら……どうか覚めないで」

彼女はそう言ったのだ。とても切ない悲しげな口調で。

「夢じゃないさ。君の目が覚めてもわたしはここにいるよ」

まるで愛の告白みたいな言葉を、わたしはこの初めて会った少女に囁いていた。

「素敵な声、この声すっごく好き……」

ポールスランド伯爵邸に着き、わたしが起こそうと声をかけると、寝ぼけながらもわたしの方に手を伸ばしてきた。

「お願い。起こさないで……まだ夢から覚めたくないの」

わたしはそう呟いたグレイス嬢を甘やかすことにした。

わたしが抱き上げると驚きのあまりすっかり目が覚めてしまったようだが、構わずそのままポールスランド伯爵邸に移動した。

「わたしの声が好きと言ってくれてありがとう。褒めてくれたから、もう少し寝ていてもいいよ。このままポールスランド伯爵邸に運んであげよう」

「……嘘……ここはポールスランド伯爵邸なのですか？」

「そうだよ。わたしはポールスランド伯爵家の長男、コンスタンティンだ。よろしくね。ちなみに年齢はまだ十八歳だけれど、いつももっと年上に間違われるよ」

グレイス嬢はポールスランド伯爵邸の外観の壮麗さにまず驚き、豪華絢爛な内装にも目を見張った。私の腕の中で落ち着かない様子であたりをしきりに見回しているのが可愛い。

「ポールスランド伯爵邸は中庭を中央において、ぐるりと部屋がある構造になっているのさ。正面の庭と中庭には大きな噴水もあるし、ふかふかのソファを置いた広めのガゼボもあるから後で案内してあげよう。壁側に掛かっている肖像画は歴代のポールスランド伯爵夫人だよ」

わたしが説明しながら歩いていくと、廊下の遙か先からパタパタと足音をさせてエリザベッタが走ってくるのが見えた。

「お帰りなさいませ、お兄様！　あなたは今日、私を助けてくださったお姉様ですね？　あの時は助けてくださってありがとう！　私はエリザベッタです。え……？　頬が……赤くなっていますよ……唇には血の痕もあるわ」

その後、エリザベッタがグレイス嬢の足の怪我に気がつき、幼い頃によく侍女達に言われた言葉をかけていた。

ただそれだけのことなのに涙を流すグレイス嬢は、優しくされることに慣れていないようだった。

「ありがとう、本当にありがとう！　このお転婆娘を助けてくれたのだろう？　エリザベッタは後先考えず衝動的に行動することがあるが、まさか川に飛び込んで猫を助けようとするとは思わなかった。君はエリザベッタの命の恩人だ。ん？　ちょっと待て。その頬はどうした？」

エリザベッタを溺愛している父上は心の底からグレイス嬢に感謝の言葉を口にする。

もちろん、わたしも母上も同じ気持ちだ。グレイス嬢が助けてくれなかったら、今頃は水死体になったエリザベッタを抱いて、わたし達家族は号泣していたかもしれないのだ。

「お父様、この方は足も怪我しているみたいよ。靴に血がついているもの」

エリザベッタはグレイス嬢の足を気遣わしげに見て泣きそうになる。

自分を助けたせいでできた傷だと思い、申し訳なく思っているのだ。

「この足は水底にちょっと引っ掛けてできたものです。こんなのはすぐに治りますから大丈夫です」

彼女は明らかに裾の足りないスカートを引っ張って隠そうとする。

これだけ血が滲んでいるのに大丈夫なわけがない。

母上は靴を脱がせて足の怪我を確認した。

思ったよりも酷い怪我だし、痛そうだ。

「ご、ごめんなさい。怪我をしてごめんなさい。足の傷は私の不注意ですし、頬は転んだだけですからたいした傷ではないのです」

母上の言い方がきつすぎたのか、突然謝り出したことにわたし達は困惑した。

誰も彼女を責めたわけではない。

「あらあら、ごめんなさい。怖がらせてしまったかしら？　その頬を見て、つい殴った者に憤りを感じてしまったの。女の子を殴るなんて野蛮ですし、そこまで痣になるのならきっと男性に思いっきり殴られたのでしょうね」

「……殴られてはいません」

震える小さな声で返答するグレイス嬢。

「それはどう見ても殴られた痣でしょう。言いたくないことは誰にでもあるでしょうから、無理に聞きはしませんが、とにかく手当はしなければなりませんよ」

「自然に治りますから大丈夫です」

「自然に治るですって？　適切な治療をしないとダメですよ。足の怪我も消毒しなければいけません。ばい菌が入ったら治りも遅くなるし、思わぬ感染症になるかもしれません。今すぐお抱えの医者を呼び出しますから、とりあえずその頬を冷やし、足を清潔なぬるま湯で洗いましょう」

「お医者様ですか？　私なんかのためにもったいないです。病気も怪我も今まで自然に治してきましたから大丈夫なのです」

「ばかなことを言ってはいけません！　自然治癒なんて野生動物ではないのですよ」

母上とグレイス嬢の会話を聞きながら、グレイス嬢の両親に憤りを覚えた。

グレイス嬢がこのようなことを言うなんて、彼女の今までの家庭環境が怪我の手当もしてもらえなかったほど劣悪だったからにほかならない。

医者を呼び出し、グレイス嬢を診察してもらうことになった。

父上とわたしは医者がグレイス嬢を診察するのを居間で待つ。

適切な治療と共に、ほかにも怪我をしていないか確認が必要だった。

しばらく待っていると母上と医者が沈痛な表情で戻ってきた。診察を終えたグレイス嬢には、母上がエリザベッタの隣の部屋を使うと良いと声をかけた。それからエリザベッタとグレイス嬢は姉妹のように仲良く連れ立って居間を後にした。

ディナーまでには時間がある。グレイスには部屋で寛いでもらう方が良いと判断したのだ。

「母上、どうされたのですか？」

グレイスとエリザベッタが居間を出てから、わたしは母上に尋ねた。

「フィリシア、顔色が悪いぞ」

父上もわたし同様に母上を心配している。

「グレイスは親から虐待されていたかもしれないですわ」

母上がやるせない表情でため息をついた。

「太ももの裏にミミズ腫れの傷があります。古い傷のようですが、木の棒のようなもので叩かれたのでしょう。傷はふさがっていても色素沈着したままです。ろくに手当もされなかったと思われますので、親が叩いた可能性が高いでしょう」

医者の説明に納得がいった。

だから家に戻りたくなかったのだ。あの頬はきっと父親が叩いたに違いない。

わたしは母上に向かって言った。

「いずれにしてもグレイス嬢の家庭を調べますよ。どのような家族構成で、日常的になにが行われていたかを突きとめます」

「そうね。とにかく私はエリザベッタの命の恩人を守ろうと思っていますわ」

母上は正義感が強く間違ったことが許せない性分だし、グレイスが気に入ったようだ。

「わたしもあの子を守るつもりだ。エリザベッタが助かった幸運はグレイス嬢のお蔭だからね。神様がきっとあの子を助けてあげるようにとわたし達に託されたのだ」

父上もグレイス嬢を保護することに賛成してくれてホッとした。

馬車の中で聞いた、グレイス嬢の「夢なら覚めないで」という言葉が、ずっと耳から離れない。


ディナーの時間になった。

わたしは自室で湯浴みを済ませ、ディナー用の服に着替えて大食堂に向かう。

父上や母上はもう着席していたし、すぐにエリザベッタも来て扉を見つめながらウキウキしていた。

「グレイス、早く来ないかしら？　一緒に食事ができるなんて嬉しいわ」

「エリザベッタはグレイス嬢が好きなのだね？　まだ会ったばかりだろう？」

「ええ、会ったばかりだけれど、グレイスが善人だということはすぐにわかりました。私はグレイスと仲良くなりたいわ」

キッパリと宣言したエリザベッタに両親は頷いた。

人を見る目のある両親がエリザベッタの意見を尊重している。

もちろんわたしも同意見だ。

「このような素敵なドレスを貸していただいて申し訳ありません。汚してしまわないかと心配です」

大食堂に遠慮がちに入ってきたグレイス嬢は、まずドレスのお礼を母上に言った。

ラベンダー色のドレスがとてもよく似合う。髪は編み込んで後ろに束ねられていて、顔色もあまり良くなく痩せ細っていたが、背がスラリと高く美しい顔立ちをしている。目は涼しげな切れ長で鼻はすっと高く、桜色の唇も整っていた。

どことなくわたしの母上に雰囲気が似ている。

「『申し訳ありません』ではなくて、このような場合は『ありがとうございます』と言った方が良いですよ。昔のものをとっておいて良かったわ。ドレスの丈もぴったりですし、どうやらあなたは昔の私の雰囲気に似ているようね。娘がもう一人増えたようで嬉しく思っていますよ。さぁ、コンスタンティンの隣の席にお座りなさい」

早速母上の指導が始まった。母上が自らこうして教え込むのはかなり気に入った証拠だ。

母上の言葉を受けて素直に言い直したグレイス嬢に感心する。

わたしの隣に座り、和やかに食事は始まったが、グレイス嬢がテーブルに並べられたたくさんのカトラリーを見て当惑していた。

そうか、テーブルマナーか。きっと両親から教わっていないに違いない。虐待をするような毒親だ、当然だな。

わたしはグレイス嬢に目配せしながら、左側にある一番外側のフォークを取ってみせた。前菜から始まってスープに魚と肉が順番に運ばれてくる度に、わざとゆっくりとナイフとフォークを取り、皿から食事をする様子がわかるようにグレイス嬢に見せていった。

わたしの意図をくみ取り手元をチラチラと見ながら真似をして、行儀良く味わって食べるグレイス嬢はとても物覚えがいい。

「マナーは今すぐ覚えなくても良いのよ。少しぐらい間違っても、グレイスを笑う人は誰もここにはいません。気楽に召し上がれ」

母上はそうおっしゃったけれど、グレイス嬢はそれに甘えることはなかった。

わたしの手元を注意深く観察しつつ、さりげなく自然な手つきで食事をしていく。その仕草には気品が感じられたほどだ。

「そうそう、上手に食べられているよ。これならわざわざ教えなくても、こうして一緒に食べていれば自然に覚えるね。とても優秀な生徒さんだ」

わたしが褒めると押し黙って困ったような顔をした。

「緊張しなくて良いのよ。褒められたら素直に『ありがとうございます』と言いましょう。謙遜や卑下はスマートな女性がすることではありません。にこやかに笑顔でお礼を言いましょうね」

母上の指導にグレイス嬢はまた素直に応えた。

ぎこちない笑みだったけれど、わたしに微笑んで礼を言った姿は一生懸命で思わず応援したくなる。

すぐに理解し、実践しようとする柔軟さは素晴らしい。

「ポールスランド伯爵家の料理は美味しいかい？　今日は自慢のコックが腕によりをかけたのだよ。可愛いお客様がここにいるからね」

わたしはグレイス嬢がリラックスできるように、少しおどけた口調で話しかけた。

「はい、とても美味しいです。誰かと食事をするのは久しぶりです」

返ってきた言葉に胸が痛み、一瞬沈黙してしまった。

まさかいつも一人で食事していたとか言わないよな？

「いつもは家族と食事をしないのかい？」

「はい。あっ、いいえ。えぇっと、一緒に食事ができないのは私のせいです。料理に手間取るし、後片付けも遅いからなのです」

「料理に手間取る……まさか君が料理を作っていたのかい？　コックも母親もいなかったのだね？」

わたしの問いかけに悲しそうな表情で首を横に振るのを見て、これ以上は踏み込むべきではないと判断した。

「ここでは家族揃って皆で食事をするよ。もう一人で食べなくてもいいし、料理も後片付けもしなくていいからね」

家族の話を聞くのはやめにし、そう言葉をかけるとグレイス嬢がまた涙を流した。

食事が済んだ後は、居間に移動し紅茶を皆で楽しんだ。この部屋は最初にグレイスを通した部屋で、家族で寛ぐ団らんの場だ。

エリザベッタは今まで読んだ本の中で一番面白かったという本のあらすじを話していただけなのだが、グレイス嬢はエリザベッタのおしゃべりを夢中で聞いていた。

そんなグレイス嬢に母上が本を一冊差し出した。母上のお気に入りの本だ。

「この本を貸してあげましょう。読み終わったら別の本も貸してあげますよ。グレイスの年齢までに読んでおくべき本はたくさんありますからね。本は自室に持っていってもいいですよ」

綺麗な挿絵がたくさん描かれた小さい子供向けの童話は有名画家が手がけた傑作だった。

これは確かに読んでおくべき本だし、明らかにグレイスは読んだことがないような反応をした。

目を大きく見開いて嬉しさに頬を上気させている。

「肝心なことを忘れていたわ。グレイス、字は読める？　読めなければ教えてあげますよ」

母上の問いかけにグレイスは大丈夫だと答えた。以前いたメイドや買い物をする際にいろいろ教えてもらっていたらしい。

母上とグレイス嬢の会話からグレイス嬢の境遇が少しずつわかってきたが、読み書き等を両親以外のメイドや商店街の店主達に教わったということに驚いた。通常はあり得ないことだし、普通なら両親から教わるべきことだ。

しかもフィントン男爵領に住んでいながらポールスランド伯爵領の商店街まで買い物に来るなんて、相当時間もかかるはずなのに。

グレイス嬢の両親はあり得ないほどのクズだな。自分達の娘によくもこんな仕打ちができる。

グレイス嬢は嬉しそうに本を抱えてエリザベッタと並んで階段を上がっていった。わたしと両親も後に続く。ポールスランド伯爵邸は二階部分がそれぞれのプライベートルームになっているからだ。階段を上がりきったところで二手に分かれた。父上達は角を曲がり執務室と父上の個室の先にある当主夫妻の部屋に向かった。

「父上、母上。おやすみなさい」

「おやすみ、良い夢を見てゆっくりお休みなさい。また明日の朝には元気な笑顔を見せてちょうだいね」

母上はいつものようにわたし達に就寝の挨拶をしてくださった。わたしもエリザベッタも頷いたが、グレイス嬢はびっくりしたような顔をしていた。

多分、親からそのような言葉も言われたことがないのだろう。

わたしの部屋は歩いてすぐの扉で、隣の部屋はわたしが友人を泊めるためのゲストルームになっていた。ゲストルームの隣がエリザベッタの部屋で、そのまた隣がグレイス嬢の部屋になる。

グレイス嬢の部屋も元はエリザベッタが友人を泊まらせるためのゲストルームだった。ちなみに正式に招いた大人のお客様は離れのゲストハウスに泊まっていただく。

グレイス嬢とエリザベッタにお休みを改めて言い、そのまま自室に入った。

グレイス嬢がぐっすりと眠れることを心から祈る。あの子はとても可哀想な子なのだから……

翌朝、グレイス嬢は淡いブルーのドレスで食堂に現れた。

母上の娘時代のドレスがよく似合っている。

「おはよう、グレイス嬢。よく眠れた？」

「はい、ぐっすりと眠れました」

今日のグレイス嬢は昨晩よりも血色は良かったけれど、頬の赤みが痛々しい痣に変わっていた。時間とともに薄れるとは思うが、このように女性を殴って傷つけた者をわたしは決して許さない。

「グレイス。このポールスランド伯爵家にずっといなさい。エリザベッタの話し相手になってもらいたいのよ。これはエリザベッタの希望でもあるの」

きっとグレイス嬢はいつまでここにいられるか不安を感じているはずだから、母上の言葉は救いになるはずだ。

「本当にこちらにずっといていいのですか？　私のようななにも取り柄がない者がエリザベッタ様のお話し相手になれるのでしょうか？　学園にも通ったことがありませんし、なにをすればいいのかもわかりません。申し訳ない気持ちでいっぱいです」

恐縮しながら話す彼女の姿に胸が痛くなった。

なにも取り柄がないわけじゃないよ。素直で覚えも早いし、溺れかけたエリザベッタを助けるために川に飛び込む勇気まであるんだ。申し訳ない、なんて思う必要はさらさらないさ。

「グレイス。先日、私が教えたことをもう忘れてしまったの？　ポールスランド伯爵家にずっといて良いと言われて、あなたは嬉しかったの？　それとも迷惑だった？」

「もちろん、これ以上ないくらい嬉しくてありがたいです！」

「だったら言う言葉はわかるわね？」

「はい、ありがとうございます！」

まるで先生と生徒のような会話だが微笑ましかった。


翌日からわたしはグレイス嬢の家を探し、彼女の父親を何度か尾行してみた。

自宅から徒歩圏内にフラメル商会と看板のある建物があり、そこに昼過ぎから向かい、お茶の時間になる前にはいつも帰宅していることがわかった。

自分の商会なのに二時間ほどしかいないのか？　ずいぶんと怠け者な男だ。これでは雇われ人も真面目に働く気が失せようというものさ。

なにより驚いたのはグレイスには妹がいて、フィントン男爵家が経営するフィントン学園に通っているとこだった。あそこの授業料はかなり高いことで有名だ。噂ではポールスランド学園の二倍以上らしい。基本的に領地内のことはその領主が決めるので、学園の授業料などはその領主によって異なる。

以前フラメル家で働いていたメイドとコックも探して接触を試みたところ、グレイスのことを進んで話してくれた。

「グレイス様は本当にお可哀想でしたよ。旦那様も奥様もベリンダ様だけを可愛がられて、服も買ってもらえない扱いでした。私が解雇されたのはベリンダ様をフィントン学園に通わせるお金の捻出のためです。無理をしてベリンダ様を高い授業料の学園に通わせるために、グレイス様が犠牲になったのです」

聞けば聞くほどにグレイス嬢を不憫に思った。

コックも似たような話をし、ベリンダ嬢の誕生日には特別な料理を作らされたが、グレイス嬢の誕生日にはなにも言われなかったと話してくれた。

ケーキすらも用意しなくて良いと言われたそうだ。

二人ともベリンダ嬢がフィントン学園に行くために、これ以上雇えないと解雇されたという。つまりグレイス嬢の両親は、とても酷い差別をこの姉妹にしていたことになる。

同じ親から生まれたのにも拘《かか》わらず、こんな理不尽な仕打ちはおかしくないか？

わたしはこのフラメル夫妻の気持ちを一生理解できないだろう。

次はグレイスが家を出た後、新たに雇われたらしいメイドとコックを買収した。

最初は話すのを渋っていたが、金をちらつかせるとすぐにしゃべった。

「ベリンダ様はフィントン男爵令息に見初められるほど、愛らしい方ですよ。将来のフィントン男爵夫人のお世話ができるなんて嬉しいです」

「そうかい。それは素晴らしいね。ところで、ベリンダにはほかに姉妹はいなかったかな？」

「はい、ベリンダ様にはお姉様がいましたが、とても我が儘でベリンダ様を羨み、毎日のように意地悪をする性悪な女性だったそうです。デリク様が躾をしようとしたら、家出したとか」

「フィントン男爵令息が躾をしようとした？　彼がなにをしたか聞いているかい？　彼はよくフラメル家に来るの？」

「なにをしたかは存じ上げませんが、デリク様は頻繁にいらっしゃいますよ。あの方がいらっしゃる日には、ポールスランド伯爵領のラファッシニまで行ってマカロンを買ってくるのが私の仕事です。あそこのマカロンとパルミエがデリク様とベリンダ様の好物で、それが用意できないと恐ろしく不機嫌になりますからねぇ」

菓子がないくらいで不機嫌になる男か？　碌《ろく》な者じゃないぞ。

そんな奴がグレイス嬢を躾けるなんておこがましいにも程がある。

「ありがとう。わたしにこのようなことを聞かれたことは誰にも言わないようにね」

金をメイドに握らせると目尻を下げて喜んだ。メイドが帰った後はコックに向き合う。

「フラメル家では母親は料理をしないのかい？」

「奥様が料理？　まさか！　貴族のように爪を長く伸ばして爪紅を綺麗に塗っておりますから、果物の皮すら剥かないですよ。手が荒れるのをとても嫌がっていますからね」

屋敷に戻り、グレイスの家族についてわかったことを全て母上に話した。

「グレイスがあれほど荒れた手なのに、その母親は爪を長く伸ばして爪紅を綺麗に塗っているというの？」

母上が顔をしかめる。

「果物の皮すら剥かないそうですよ」

わたしもグレイス嬢の母親に憤りながら、苦い顔で頷いた。

「妹はフィントン学園に通い、いつも綺麗なワンピースを着て、何不自由なく暮らしています。フィントン男爵令息に見初められて次期フィントン男爵夫人になると吹聴しているようです。巻き髪をツインテールにした小動物のような愛らしい顔立ちだと、雇われているメイドから聞き出しましたよ。姉妹なのにこれほど差別をするとはまったく酷い親です。ところで母上はフィントン男爵家とお付き合いはなさっていましたか？」

わたしはグレイスの妹について詳しく説明をした後、社交について尋ねた。

「隣の領地ですけれど、交流はありませんよ。そういえば、コンスタンティン宛てにお茶会のお誘いが、あちらの長女から何通も届いていたのを思い出したわ」

「わたしにお茶会の誘い？　母上とフィントン男爵夫人が一切交流もないのにですか？」

「フィントン男爵家の令嬢は、片っ端から伯爵以上の家督を継ぐ跡取り息子にすり寄っているという噂がありますからね。そのような女性は、コンスタンティンにはまったくふさわしくないと思い、無視していましたよ」

「そうですか。そのような女性の弟はどんな男なのでしょうね。少し気になることがあるので、会いに行こうと思います」

「分相応という言葉がありますわ。それをわきまえないリネータという娘は嫌いです。私はコンスタンティンがリネータ嬢に会いに行くのは反対ですよ。ただ、わきまえすぎている健気な子を見ると『身分など気にすることはない』と励ましたくもなるのです」

母上の視線は居間に面した庭園で庭師の手伝いをするグレイス嬢に向けられていた。

エリザベッタの話し相手だけしていれば良いと言ったのに、エリザベッタがポールスランド学園に通う送り迎えにまで付いていき、あれこれエリザベッタの世話をしてくれる。

読み書きも学園に行ったことがないというわりには良くできて、母上から本を借りては飛び上がらんばかりにお礼を言った。

「なにもしないでこちらに置いていただくわけにはいきませんから」

そう言いながら、暇があるとメイドや庭師の手伝いを始めるのにも困っていた。

最初の日にあげた香油も「綺麗な瓶で良い香りがするので、使うのがもったいないです」と言い、部屋に飾って使おうとしない。仕方がないので、香料の入っていない物をわざと古い容器に入れて渡すと、ホッとしたように表情を緩め、大切にそれをポケットに入れた。

「グレイス嬢は働き者で素直な良い子です。なにかと力になってあげたいと思わせる子ですよね」

「あら、意見が一致しましたね？　あの子は物覚えも良くてとても礼儀正しいわ。いっそ遠縁の娘として戸籍を整えてやり、ポールスランド学園に通わせましょうか？　ディナーの前にはコックの手伝いまでしてこの家の役に立とうとしてくれるのよ。だったら学をつけさせて、あの子にふさわしい仕事を与えた方が良いと思いませんか？」

「ふさわしい仕事ですか。侍女などでしょうか？」

「ふふふっ。それはあの子の努力次第ね。侍女ではなくて、もっと夢のある未来があるかもしれなくてよ」

母上が悪戯っぽく笑う。

わたしは少し首を傾げたが、母上に頷いた。

夢のある未来には大賛成さ。グレイス嬢は両親に踏みにじられてきた子だ。そろそろバラ色の未来をつかめるチャンスをもらっても良い頃だよ。

庭園で庭師を手伝うグレイス嬢に混ざり、途中からやってきたエリザベッタも花を植え始めたのを見て、わたしの口元が緩む。

容姿はまったく似ていないのに、まるで実の姉妹のように見えた。

フィントン男爵家のお茶会当日、母上は行く間際までわたしを引き留めた。

「フィントン男爵家になど行かない方が良いと思うわ。あちらは常識がない方達よ」

「はい、それはだいたい予想がついています。どれだけ常識がないのか見てきますよ。それにデリクという男がどうにも気になるのです」

わたしはエリザベッタやグレイスには内緒でフィントン男爵家に向かった。

フィントン男爵邸はポールスランド伯爵邸より遥かに小さく敷地も狭かった。門から屋敷までほんの数分で着いたし、庭園には小さな池と花壇があるだけで噴水や彫刻もない。

案外質素な暮らしぶりなのかと思いきや、玄関先で出迎えてくれたリネータ嬢を見た途端にその思いは吹き飛んだ。

「ようこそお越しくださいました！　どれだけこの瞬間を待ち望んでいたことか。それになんてことでしょう！　今までお会いした誰よりもコンスタンティン様は美しい方です」

目をキラキラさせて近づいてくると、すぐさまわたしの腕に自分の腕を絡めてきたリネータ嬢の、胸元の開いた華美すぎるドレスに呆気にとられた。おまけにジャラジャラとつけたネックレスやブレスレットの趣味の悪さにもげんなりする。

貴族の令嬢が初対面で腕を絡めてくるか？　どういう教育を受けてきているのだ？

しかも装身具を重ねづけしすぎて下品極まりない。

「失礼、わたしは他人に身体を触れられるのは好きではない。あなたはいつも会ったばかりの男の身体に触れるのですか？　その口ぶりだとかなり多くの男をフィントン男爵家に招いたようですね？」

「うふふ。身体に触れられるのが好きではないって可愛い。シャイな方なのですね。他人とおっしゃいますけれど、同じ貴族でお隣の領地同士ではありませんか？　それにこうしてお会いしてお茶を一緒に飲む仲ならば、他人というより友人になるでしょう？　それにしても、もうヤキモチをお焼きになるなんて、独占欲の強い方は嫌いじゃありませんわ」

ヤキモチなんて焼いてないぞ。リネータ嬢は話が通じないのか？

都合の良い解釈ばかりで頭痛がしてくるよ。

「俺はデリク・フィントンでフィントン男爵家の長男です！　俺達は立場が一緒ですから、仲良くしてください。コンスタンティン様もポールスランド伯爵家を継ぐのですよね。お隣同士だし、姉上もコンスタンティン様をとても気に入ったようです」

デリクはリネータ嬢と一緒に玄関先で出迎えてくれたのは良いが、言っていることがあまりにも的が外れていた。

なぜ、このデリクは男爵家の身分でわたしに上から目線なのだろう？

「確かにわたしはいずれポールスランド伯爵になるが、デリク君と同じ立場ではないと思う。爵位の序列はわかっているのかい？」

「もちろんわかっていますよ。しかし、コンスタンティン様はそんな古い考えの持ち主なんですか？　同じ貴族なのですから、お互い尊重し合えば良いと思います。爵位の序列があるのは王家の都合ですよね？　俺はコンスタンティン様より少しだけ爵位は低いかもしれませんが、当主という立場になるのだからたいして変わらないですよね」

少しだけ爵位が低い？

わたしがウォルフェンデン侯爵家も継ぐ立場であると知らないのか？

貴族の子息を招待する際は、その人物が将来どの階級に属する立場になるのか入念に調べるのが普通だし、子供達にも言い含めるものなのだが……

わたしはため息をつきながらも、綺麗な包装紙に包まれた菓子をデリクに差し出した。

「これは君の好物だろう？　ラファッシニがお気に入りだと噂で聞いたよ」

デリクはそれを見て薄く笑った。

「あぁ、好物というより俺にふさわしい菓子だと思っています。高貴な者には王都で流行の菓子がよく似合いますよね。一流の男は一流のものしか認めないのです」

あまりの口ぶりに呆れた。自分から高貴とか一流と言うのは碌な者じゃないだろう？　同級生だったアンドレアス王太子だって、そんな傲慢なことは言わなかったぞ。

来客用応接間に案内されたが招待客はわたしだけだった。

フィントン男爵夫妻とリネータ嬢が真正面に座り、横のソファにはデリクが座った。

「噂ではコンスタンティン様にはまだ婚約者がいないと聞いております。本当でしょうか？」

フィントン男爵夫人がいきなり尋ねてきた。

挨拶もないのか。まぁ、こちらも招いてもらったお礼をわざと言わなかったが……

「今のところはいませんね」

そう言った途端に、前のめりになっていたリネータ嬢が急に立ち、わたしの隣にストンと腰を下ろした。三人掛けソファなのに、身体を密着させてすり寄ってくるのがどうにも気持ち悪い。

「私達お似合いだと思いませんか？　ポールスランド伯爵領では平民を大事にすると聞いております。デリクは平民とお付き合いしていますのよ！」

なぜそこで得意気な顔になるのか理解できない。

「俺はベリンダ・フラメルという最高に可愛い子を見つけました。身分に拘《こだわ》るなんて愚かな領主がすることです」

平民を大事にするのと、平民の女の子を見初めるのは同義じゃないのだが……

「じゃぁ、賢い領主はなにをしたら良いと思う？」

「身の程をわきまえない者の躾をし、この国の秩序を守ることですよ！」

「さきほどの言葉と矛盾していないか？　どうも意味がわからないな。躾とは具体的になにをするのだい？」

「あぁ、それは決まっていますよ。馬にムチを打つのと一緒です」

その言葉にグレイスの頬の痣が思い浮かんだ。

まさかこいつが……!?

「そうだわ、デリク。あのお話をしてさしあげなさい。ほら、ベリンダの姉の話よ」

リネータ嬢がニタリと笑った。

この令嬢はストロベリーブロンドの髪をシニヨンにしてまとめてはいるが、横に分けた長い前髪と一緒にほつれている片側の髪が、下品でどうにもだらしなく見えた。わざと崩した乱れ髪が違和感なく受け入れられるのは、夜遅くに催す仮面舞踏会ぐらいだ。

「あぁ、グレイスの話ですね。俺のベリンダには性悪な姉がいたのです。こいつは勉強が嫌いで学園に通うのを拒み、フラメル家の厄介者でした。なんと次期領主の俺をもてなす菓子を買いに行くより、平民の見ず知らずの少女を助けることを優先させたのですよ」

「それのどこがいけない？　デリク君はそんなに菓子が食べたかったのかい？」

「菓子に拘《こだわ》っているわけではないです。俺を一番に考えなかったことが罪です。領主の長男で俺が次の領主なのですから、ここでは一番偉いでしょう？」

頭が痛くなってきた。こいつはなんでも思い通りになると思っているのか。

「まったく、教養がないって悲しいことですわね？　優先順位もわからないのですもの。どんな小さな子だって、平民より貴族が偉いってわかっているのに」

「まったくだ。どこの馬の骨ともわからない卑しい平民の少女など捨て置けばいいのですよ。コンスタンティン様もそう思われるでしょう？」

フィントン男爵が当然のようにそう言った。

これがフィントン男爵家の思想なのか。母上が避ける理由がよくわかった。

「そのバカな姉は、『人の命よりあなた方のつまらない我が儘を優先しなきゃいけないのなら、もうベリンダの姉でいたいなんて思わない』と、言ったのですって。生意気な女でしょう？　だから弟はその女に物の道理をわからせてやったのです」

「具体的にはなにをしたんだい？」

「思いっきり殴ってやったのです！　あっはは。あれはちょっと気持ちがスッキリして愉快でした」

わたしは奥歯を噛みしめながら、このデリクを殴りつけたい衝動を堪えた。

わたしの不快感にフィントン男爵家の者達は少しも気がつかない。

四人の楽しそうな笑い声が来客用応接間に響いた。

もう充分だ。ここまで聞けたらここにはもう用はないな。

「ちょっと用事を思い出しました。これで失礼しますね」

さっさと席を立つと、足早にその場を去ろうとした。

「ちょっとお待ちになって。まだ良いではありませんか？　さきほどいらしたばかりでしょう？」

「いいえ、もう充分いましたよ。リネータ嬢やデリク君がどのような人間かもわかりましたし、かなりの収穫でした」

「まぁ、かなりの収穫ですって？　嬉しいです！　でしたら次はいついらっしゃいますか？　あ、こちらから両親と共にポールスランド伯爵家に伺った方がよろしいでしょうか？　婚約の書類はお父様に用意してもらいます」

「婚約？　誰と誰がですか？」

「嫌だぁー。私とコンスタンティン様に決まっているではありませんか？　収穫とおっしゃいましたもの。私に好意を持ったのですよね？　ですから婚約してさしあげますわ」

「は？　リネータ嬢は面白い方ですね」

呆れを通り越して笑いがこみ上げてくる。

どうしたらこんなに飛躍した解釈ができるのだろう？　しかも、かなりの上から目線で唖然としてしまうよ。

「私もコンスタンティン様も同じ十八歳ですわね？　今年の社交界デビューのエスコートはもちろん、コンスタンティン様にお願いしますわ」

「あぁ、お互いデビュタントの歳ですからね。もちろんそれには参加する予定でいますよ」

「うふふ、楽しみですわ！　女性は白いドレスと羽根飾りをつけるのが決まりだそうですが、誰よりも目立つドレスにするつもりですの」

「そうですか。なんでも着たら良いでしょう」

「なんて気前が良いのかしら。なんでも着て良いなんて、ありがとうございます」

なぜ、わたしがプレゼントをする前提になっているのだ？　わけがわからない。

わたしはトラウザーズのポケットに入れた記録石を握りしめた。これは映像や音声を記録できる物で、かなり高価な物だ。母方の祖父であるウォルフェンデン侯爵から、マッキントッシュ学園卒業のお祝いに去年いただいたものだった。

「言った、言わないで揉めたくないからね」

わたしは帰りの馬車でその記録石を見つめながら呟いた。


わたしはフィントン男爵家のやり取りで疲れ切ってポールスランド伯爵邸に戻った。

まったく、フィントン男爵家は悪夢のようだったよ。

「お帰りなさいませ、お兄様！」

「お帰りなさいませ、コンスタンティン様」

馬車から降りると、エリザベッタとグレイスが噴水の前に設置したベンチでおしゃべりをしており、その横にはグレイスが川から助けた猫が喉を鳴らしながらまどろんでいた。

花のように微笑んでわたしを迎えてくれた二人に笑みがこぼれる。

ポールスランド伯爵邸の空間に流れる汚れなく清らかな空気は、ここにいる善人達の気が集まって作り出していると確信する。人間の思考の歪みはその場の空気に影響を与えると思う。

なぜなら、フィントン男爵家の空気は重く淀んでいて頭痛が起きそうだったから。

「我が家はなんて穏やかで落ち着くのだろう。フィントン男爵家とはまるで違うな」

小さく呟きながら安堵のため息とともにポールスランド伯爵邸に入り、自室に戻る階段を上ろうとすると、居間の扉が開き母上が顔を覗かせた。

「お帰りなさい、コンスタンティン。早速お話を聞かせてちょうだい。リネータ嬢はどのような方でしたか？　やはり問題のある女性でしたの？」

わたしは踵を返して居間に入り、ソファにもたれた。

「疲れましたよ。リネータ嬢は問題だらけでした。あちらはわたしと婚約するつもりのようですし、デビュタントにもわたしがエスコートすると思い込んでいます」

「え？　なんですって？」

母上の気絶しそうな様子にわたしは慌てて言い直した。

「全てリネータ嬢の誤解ですよ。父上の執務室で今後のことについて話し合いたいのです。着替えをしたらすぐ行きます」

そう言って自室に戻り、まっさきに今着ている服を脱いだ。リネータ嬢にべたべた触られて気持ちが悪かったからだ。

メイドにただちに洗濯してもらおう。

あんな女に一瞬でも触られたなんて本当に苦痛だった。自分でもよく耐えられたと思う。

わたしは潔癖症なわけではないが、好きでもない女性からべたべたされるのは不愉快だ。知り合いの男の中には、好きでもない女性からでもアプローチされると嬉しいと言う者もいたが、その思考回路は永遠に理解できない。

好きな女性からアプローチされるのはもちろん大歓迎だが、どうでもいいような、まして嫌悪感すら覚える女性からべたべたされるのは迷惑でしかない。

本来なら入浴もして、リネータ嬢のきつい香水の移り香なども綺麗に洗い流したかったが、手早く着替えだけを済ませて父上の執務室に向かった。

「フィントン男爵家のリネータ嬢に婚約すると誤解されただって？　お茶会に招かれて今日が初対面なのに、どうやったらそんな話になるのだ？」

母上から断片的に聞いた情報で、父上が眉間に皺を寄せながらわたしに聞いてきた。

父上が当惑する気持ちが伝わってきて、あのような場所に母上の反対を押し切って行ったことに申し訳なくなった。

「それはわたしにも理解不能です。会っていきなり腕を絡めてくるし、ソファでは隣に腰を下ろして、身体を密着させてくるし、どうやら少しも淑女教育を受けてこなかったようです」

「は？　なんだそれは？　フィリシア、フィントン男爵家のリネータ嬢は持病でもあったか？」

父上は本気でリネータ嬢の頭を心配した。

「さぁ、もしかしたら幼少期にどこかで頭を打ったのかもしれません。ですが、高位貴族の独身男性に秋波を送るのは彼女にとって通常運転だと噂では聞いておりますよ」

「そうか、通常運転なのか……それであちらは婚約できると思っているのだな？　いったいどんなやり取りがあったのか、詳細に教えてもらわんと対処ができんぞ」

ポールスランド伯爵家にとってフィントン男爵家など敵にもならないが、このような男女間の婚姻することの約束はデリケートな問題だった。

あることないこと言われて社交界に広まれば、面白おかしく噂され醜聞にまで発展する。女性側の恥にもなるが、男性側も厳しく責められる風潮がある。

「大丈夫ですよ。お祖父様からいただいた記録石を持っていきました。トラウザーズのポケットに入れていたのです」

「さすが我が息子だ！」

「お父様も良い物をコンスタンティンにくださったわ。とても高価な物だけれど、おかしな女性から身を守るにはとても良い証拠になりますものね。早速その会話を聞かせてちょうだい」

母上の言葉にわたしはさきほどの会話を再生した。ポケットの中に入っていたので映像までは記録されてはいないが、会話はばっちり録音されていた。

全ての会話が再生されてしばらくの間、沈黙が続いた。

「呆れた……ここまで話が噛み合っていないなんて……なんて滑稽なの！」

母上が笑い転げるのと父上が吹き出すのがほぼ一緒で、二人はお腹を抱えて笑う。

「笑い事じゃありませんよ。それにデリクのセリフを聞きましたよね？　グレイスを殴ったのはあいつでした。この報いは必ず受けてもらいます」

「もちろんですとも！　このデリクという長男には再教育が必要ですわ」

母上は笑い転げていた顔を一転させ、目尻を険しく吊り上げた。

わたし達がリネータ達のことを話していたその瞬間、家令が扉をノックし、「フィントン男爵家のリネータ嬢からコンスタンティン様宛てにお手紙が届けられました」と報告をしてきた。

わたしの常識が次々と覆されていく。

帰ってきたばかりのわたしにどんな用件があるというのだ？

通常なら相思相愛の恋人同士でも、翌日あたりに手紙が来ないか？

いや、二、三日後に来るはずだ。

ため息をつきながら、両親の前で開封してみた手紙のその内容に、魂が抜けていく気がした。

勘弁してくれよ。いつからわたし達は相思相愛になった？


愛おしいコンスタンティン様。

さきほど別れたばかりなのにもう恋しくてたまりません。

もちろん、あなた様もそう思っていらっしゃるのはわかります。

婚約の契約書はお父様が急いで準備しますので少々お待ちください。

お互いのサインをして控えを交換し合えば、晴れて婚約者同士になれますわね！

書類を整え次第、王家にも報告し、そちらにご挨拶に伺いたいと思います。

私の家族皆に祝福されて私達はとても幸せ者ですわね！

早く会いたいです。

いつでもあなたを思う、あなたのリネータより。


ハラリとわたしの手から滑り落ちた手紙を母上が拾った。

「読んでもよくて？」

「どうぞ。ですが、それを読む前に一回、深呼吸をした方が良いかもしれません」

母上がわたしの言うようにゆっくりと深呼吸をした後に読み出す。

母上もその手紙を読んで意識が飛びそうになったのは言うまでもない。

翌日、わたし宛てに花束が届いた。

「コンスタンティン様、リネータ嬢からひまわりの花束が届いております」

家令のチャールストンがわたしに微妙な顔付きで花束を手渡す。

なにか言いかけたが、口をつぐんだ形だ。

「チャールストンの気持ちはわかっているさ。なぜ男のわたしに女性から花束が届くのだと、そう尋ねたいのだろう？　それはわたしが一番わからないことだよ」

その後、お茶会の日から毎日ミニひまわりが届いた。ミニひまわりは可愛いけれど、そもそも女性が男性に花束を贈るのはこの国では珍しすぎる。

滅多にないというか皆無だと思う。よほどそこに特別な意味があれば別だが。

（意味……ひまわりの花言葉ってなんだったかな？）

わたしは屋敷の図書室で植物図鑑を手に取り調べてみるが、そこには植物の特徴が書いてあるだけで、花言葉までは載っていなかった。

花言葉、花言葉、そう呟きながら本を探していると、後ろからはにかんだ小さな声が聞こえた。

振り返ってみればグレイス嬢が遠慮がちに一冊の本を差し出している。

「花言葉ならこの本に載っています。挿絵も本物のように描かれていて、花の名前の由来となった神話やエピソードも書いてあるのでとても面白いですよ」

「ありがとう。グレイス嬢はこのような本が好きかい？」

「はい。花の名前の由来となったエピソードや神話を読むと、想像の世界が広がって夢が膨らみます。挿絵もとても綺麗なのですよ。あ、それから私の名前は呼び捨てにしていただきたいです。平民ですし、グレイス嬢と呼ばれると自分ではないみたいです」

「では、グレイスと呼ぶね。ところでひまわりの花言葉を覚えていたら教えてほしい」

「はい、それならわかります。『あなただけを見つめている』です。ほかには『恋慕』『熱愛』という意味もあったと思います」

「……『あなただけを見つめている』だって？　はぁー、ちょっとその本を見せてもらえるかな？　えぇっと、ひまわり、ひまわり、あった、ここだね。さてグレイスの教えてくれた花言葉は合っているかな？　……すごいぞ、グレイス、完璧に合っているよ。君は記憶力が良いね。素晴らしい」

グレイスが答えを見事に当てたことは誇らしくて嬉しかったが、花言葉の内容は少しも嬉しくなかった。

「この本が気に入ったのなら自分の物にすると良い。母上にはわたしから言っておくよ」

花言葉の本を手渡しながらそう言うと、グレイスは首を横に振った。

「いいえ、自分の物にしなくても頭で記憶しておけば持っているのと同じですから。それにここに来ればいつでも読めますから大丈夫です」

大事そうに花言葉の本を撫でてから、その本が元あった場所に几帳面に戻していく。

グレイスの言動のそこかしこに正直で誠実な人柄が垣間見える。物欲などがまったく感じられないのも好ましかった。

「今一番グレイスが欲しいものを言ってごらん？」

試しにそう問うと、欲しいものはないけれどできるようになりたいことならいっぱいある、と答えた。

「もっと難しい本をスラスラ読めるようになりたいですし、いろいろな国の言葉がわかったら良いなぁと思います」

「そうか。諸外国の言語を学びたいのだね？」

「はい、図書室に異国の本でとても面白そうなものがありました。言葉がわかれば読めるのにと思い残念でした。ピアノやヴァイオリンも弾けたらどんなに素敵だろうと思います」

それを聞いてわたしは笑みを浮かべた。あぁ、母上の考えは正しかったな。この子をポールスランド学園に通わすとおっしゃっていた。このような向上心をもっているグレイスならば、きっと驚くほど知識を吸収して自分のものにするに違いない。


問題のひまわりだが、毎日届くのでわたしの自室はひまわりだらけになっている。

グレイスから聞いた花言葉に呆れて、早速ひまわりの花をせっせと壁面に向けた。

『あなただけを見つめている』という花言葉は、この場合だと怖すぎるよ。見なくていいから。いや、むしろ見るな、と言いたい。

お祖父様の領地であるウォルフェンデン侯爵領は温暖な気候で、常時咲き誇る花の中にひまわりもあった。だから幼い頃からひまわりは身近で大好きな花でもあったのに、リネータ嬢のせいで少しだけ苦手な花になってしまった。

もちろん初めからこのひまわりを受け取ろうなどとは思っていなかった。花に罪はないがそのままリネータ嬢に返すつもりでいた。いわゆる受け取り拒否だ。

プレゼントされた物を嫌々でも受け取ってしまえば、リネータ嬢の思い込みが加速する。それは避けたい気がした。

しかし……

「フィントン男爵家のリネータ様からコンスタンティン様にプレゼントでございます。ぜひこれを受け取ってください」

フィントン男爵家からミニひまわりを持ってくる少女はまだ幼いメイド見習いで、とても痩せていて顔色が悪かった。

「わざわざ毎日こうして持ってきてくれてありがとう。でも、悪いがこれは受け取れないよ。わたしには受け取る理由がないからね。そのままリネータ嬢に戻してほしい」

そのように言いながら花束を返そうとすると怯えた表情で首を横に振った。

「お願いですから受け取ってください。そうしないと、メイドをしている母さんが殴られます。私もきっと叩かれます」

わたしはフィントン男爵家の者達に憤りを感じつつ、誰が殴るのかを尋ねた。

「デリク様かご当主様です。リネータ様や奥様の場合は木の棒で足を叩きます。私はメイド見習いで、母さんは洗濯を主にするメイドです。リネータ様には絶対にこの花束をコンスタンティン様に手渡すように言われています。渡せないで戻ったら、どんなお叱りを受けるかわかりません」

「君が叱られるのはわかったよ。だが、なぜ母親まで殴られるのかな？　おかしいだろう？」

「連帯責任だそうです。私と母さんは親子ですから。子供の失敗は親の責任で、その逆もあるとおっしゃいます。母さんが洗濯をした時に綺麗に汚れが落ちていない時は私も怒られます。フィントン男爵家ではいつものことです」

「なんて一族だ。わかったよ。確かにひまわりはわたしが受け取ったと報告するといい」

このような経緯で受け取ってしまったひまわりだった。

この少女の話を聞いて、受け取り拒絶などできるわけがないじゃないか。

第二章　ウォルフェンデン侯爵とアーネット子爵家

「今までの生活が嘘みたいに幸せだわ」

もう妹のベリンダと比べられないのは気楽だった。

同じ姉妹なのに差をつけられすぎる惨めさや高圧的なデリク様から吐かれる暴言や心ない両親の言葉はここにはない。

そんなものから解放されて、どんなに自分は萎縮した心で狭い世界の中で生きてきたのかがわかった。

この素晴らしい日々を与えてくださったポールスランド伯爵家の方々にご恩を返さなければと思い、メイドのお手伝いをするけれど、ポールスランド伯爵夫人もコンスタンティン様も困った顔をされる。

喜んでいただきたいのだけれど、どうすれば良いのかしら？

図書室でコンスタンティン様と花言葉のお話をした翌日、ポールスランド伯爵夫人に思いがけぬ言葉をかけられた。

「グレイス、異国の本を読みたいのですって？　だったらその国の言葉をお勉強しましょう。ポールスランド学園に通いながら、語学の家庭教師のもとで学びなさい。ピアノやヴァイオリンの教師も手配します。きっとすぐに弾けるようになりますわ」

「ここに置いていただくだけでもありがたいのに、そこまでしていただくなんて、とんでもありません」

「重要で特別な仕事に就くためです。そしてそれは、このポールスランド伯爵家にとても役に立つことですよ」

「重要で特別……それなら、きっと家政婦長《ハウスキーパー》さんのようなお仕事でしょうか？　大きな権限を与えられた女性使用人を束ねる責任者だと聞いたことがあります。たくさんの鍵をぶら下げていて、さまざまな資材や食材を管理監督する立場なのですよね？　どうすればなれますか？　私はポールスランド伯爵家の方々にとても感謝しています。ここに連れてきてくださったコンスタンティン様には特にご恩返しがしたいのです！」

「家政婦長《ハウスキーパー》……まぁ、女性使用人を束ねるという意味では同じような……。ふふっ、グレイスにぴったりな未来が私には見えるわ。そのためにあなたはこれから生まれ変わるのよ。貴族の身分を手に入れて、教育が必要だわ。グレイスなら綺麗で才能ある素敵な女性になれるでしょう」

私の髪はミルクティーのような色で、ベリンダには「グレイスお姉様の髪はまるで枯れ葉色ね。色あせていて艶もないわ。瞳もありふれた茶色で、私のようにくりっとした大きな可愛らしい目でもないし。お可哀想に」と憐れまれていた。だから自分にはまったく自信が持てなかった。

「レーアも私の容姿を褒めてくれましたが、こんな私が綺麗になどなれるのでしょうか？」

「どこを目指すかによります。自分がなれないタイプと比較しても意味はないのよ。例えば、この私の目は切れ長で冷たく見えるらしいの。可愛いと言われるには鼻が少し高すぎるし、顔立ちも愛らしさとはほど遠いでしょう。リボンのたくさんついた乙女チックなドレスは少女の頃から似合いませんでした。けれど、今は社交界で美人なポールスランド伯爵夫人と形容されていますよ。もちろん、多少のお世辞もあるでしょうけれどね。自分に合ったお洒落をすることで、女性は綺麗と言われるわ」

ポールスランド伯爵夫人は外見もとても美しい方だったけれど、内面から滲み出る教養や自信も相まって、より気高く高位貴族夫人としての品格があった。

女性として尊敬し、憧れる存在だ。私もポールスランド伯爵夫人のように自信に満ちた大人になりたい。


一階の居間から二階の自室に戻る際にはコンスタンティン様のお部屋の前を通る。その際、扉がほんの少し開いているのが見えた。たくさんのミニひまわりに囲まれて異国の本を広げていた。手にはひまわりのタネを持ち、潰しながらしげしげと観察している。

次の瞬間、タネを口に放り込んだので、私は「あっ」と、小さく声を漏らしてしまう。

コンスタンティン様は私に気づき、決まり悪そうに微笑んだ。

私も覗き見していたことがバレてしまい、お互い少し気まずい。

「扉を開け放していたわたしが悪い。びっくりさせてすまないね」

「いいえ、こちらこそ通りすがりに扉が開いていたのでつい覗き見をしてしまい、申し訳ありませんでした。ところで、コンスタンティン様。ひまわりのタネを食べるとお腹から芽が出てきて、ひまわりが咲いたりしませんか？」

こっそり覗き見をしていた立場なのに、図々しく話しかけてしまった。

すぐに後悔したけれど、コンスタンティン様は少しも怒っていなかった。

「異国ではすりつぶして主食にしたり、お菓子としても食べるらしいよ。タネを搾って作るひまわり油も料理によく使われるのだそうだ。ひまわりを食べる習慣のないわたし達の国でも流行らせることができないかな、となんとなく考えていたのさ。ちなみに、ひまわりのタネを食べても多分お腹から芽は出ない」

私のマヌケな質問に笑いながら答えてくださった。

「そうなのですね……ところで、コンスタンティン様にお礼を申し上げたいのです。ポールスランド伯爵夫人が私を学園に行かせてくださるそうです。ピアノもヴァイオリンも習わせていただけると聞きました。全部、コンスタンティン様のお蔭です！　いつか、コンスタンティン様のお役に立てるように頑張りますね」

そう申し上げるとコンスタンティン様が眩しそうに私を見た。

「良かったね。グレイスなら学園でたくさんのことが学べて、きっとすぐに楽器も弾けるようになるさ」

自分のことのように喜び、温かい言葉を返してくださった。

私のような者がポールスランド伯爵邸においていただくなんて、やはり申し訳ない気持ちになった。


「本日はウォルフェンデン侯爵家にエリザベッタとグレイスを連れていきますわ。数日間、あちらに泊まる予定でいます。グレイスのことをお父様に相談したいのです」

ポールスランド伯爵夫人が私を学園に通わせてくださるとおっしゃった二日後のことだ。朝食の席でポールスランド伯爵夫人がポールスランド伯爵とコンスタンティン様にそうおっしゃった。侍女達が私とエリザベッタ様の持ち物を手早くまとめて、あっという間に出発となった。昨夜から準備していたのかもしれない。朝食を終えてすぐの出来事だった。

「ウォルフェンデン侯爵家は私の実家です。私のお母様は嫁ぐ前に侯爵家のメイドもお借りしていたし、お父様にいろいろ相談したいことがありますから、しばらく滞在する予定ですよ。グレイスにとって、とても大事なことを決めに行きます」

「はい、よろしくお願いします」

私にとって大事なことってなんだろう？

よくわからないまま馬車に半日ほど揺られた。

エリザベッタ様とおしゃべりしたり、外の景色を眺めたり、うとうとしながら時間が流れていく。

「もうすぐよ、グレイス。窓の外をよく見てね」

エリザベッタ様が私を起こして、窓の外を指差した。

じっと外を見つめる私達に、しばらくすると一面の青い海が広がり、思わず歓声をあげた。

「すごく綺麗です！　水面がキラキラと輝いていますね」

「でしょう？　お祖父様の領土はポールスランド伯爵領の南側に位置しているから、気候も暖かいし海に面しているのよ。こちらでは獲れたてのお魚も食べられるわ」

「そうなのですね。楽しみです」

陽光にあたり宝石のように水面を輝かせた海の色は均一ではない。ターコイズブルーとコバルトブルー、その二つの色が混ざり合った色も目に鮮やかで、すっかり心を奪われた。

ずっと見ていても飽きない光景に心も弾む。海上を舞う鳥達も楽しそうだった。

「海が気に入ったのね？　ウォルフェンデン侯爵にご挨拶したら、侍女達を連れて浜辺で遊んでも良いですよ。綺麗な貝殻がきっとたくさん拾えるわ」

ポールスランド伯爵夫人が今でも幼い頃に拾った貝殻を大事に持っていると話してくださった。

海で遊んだことも貝殻を拾ったこともない私には、見るもの全てが美しくて夢のようで嬉しい。

「これって現実ですよね？」

自分の頬を試しにつねって、ちゃんと痛みを感じてホッとした。

「大丈夫。私もエリザベッタも現実で目の前にいますからね」

ポールスランド伯爵夫人が私を抱き寄せて頭を撫でてくださり、エリザベッタ様が私の手を握り微笑んだ。

ウォルフェンデン侯爵家はポールスランド伯爵家よりもさらに壮麗で、内装は豪華絢爛でありながらも重厚で落ち着いていた。敷地内にある噴水や池も大きくて、庭園もほぼ倍の広さがあると思う。咲いている花々は暖かな地方に咲く品種で艶やかな色が多い。

コンスタンティン様のお部屋にたくさんあるひまわりはここでも咲いていたが、背丈は大人よりも高く花は私の顔よりも大きかった。

ポールスランド伯爵領の南に位置し、温暖な気候が保たれているこの地ではひまわりは一年中咲いている、とエリザベッタ様はおっしゃった。

「門に入ったところで最初に見えた、一面のひまわり畑があったでしょう？　あれは迷路になっているのよ。後で探検しましょう。とても楽しいのよ。お兄様のお部屋にあるミニひまわりも可愛いけれど、私はお祖父様の領地でよく見かける、あの大きくて立派なひまわりが好きだわ」

「本当に大きなひまわりでしたね。タネがいっぱい取れて美味しそうです」

「え？　タネを食べるの？　グレイスってば、面白いことを言うのね？　リスじゃないのだから、人間は食べないわよ」

エリザベッタ様はクスクスとお笑いになった。

確かに、この国ではひまわりのタネはリス等の小動物の食べ物で、人間が食べる物ではない。

コンスタンティン様はひまわりのタネを商品化したがっていた。きっと今後のウォルフェンデン侯爵領のことを考えていらっしゃるのね。

ウォルフェンデン侯爵邸に着くと、たくさんの使用人達が城から出てきて一列に並び、私達に出迎えの挨拶をしてくれた。

緊張で足が少し震える。大理石の床にシャンデリアと、赤い絨毯が廊下にまで敷き詰められているのはポールスランド伯爵邸と同じだけれど、天井の絵画や調度品に家具はより格式が高く感じられ、歴史を感じる雰囲気を漂わせていた。


「ほぉ、その子がグレイスで、エリザベッタを助けてくれたという娘さんかい？　エリザベッタが川で溺れそうになったという話を聞いた時は、ショックで心臓が止まるかと思ったぞ」

ウォルフェンデン侯爵家の居間で、ウォルフェンデン侯爵様はポールスランド伯爵夫人に苦笑いをし、エリザベッタ様には指を顔の前で振って迂闊な行動を注意した。

私に対してはにこやかな表情で何度もお礼をおっしゃった。

「ありがとう！　本当にグレイスには感謝しているよ。いくらお礼を言っても足りないぐらいだ。エリザベッタとコンスタンティンは儂《わし》の宝なのだよ。しかし、このお転婆娘にも困ったものだ。エリザベッタ、お前に万が一のことがあったら、儂《わし》もフィリシアも、ポールスランド伯爵やコンスタンティンも、どれだけ悲しむのか考えたことがあるかい？　ポールスランド伯爵家とウォルフェンデン侯爵家の使用人達もエリザベッタを大事に思っている。多くの者達をエリザベッタの軽率な行動で悲しませてしまうのだよ」

「はい。わかりました。私が迂闊だったと思います。今後は衝動的に行動しないように気をつけます」

エリザベッタ様は家族が悲しむという言葉にとても反省されたようだ。

むやみに叱るよりも迂闊な行動が引き起こす不幸に、多くの愛すべき人間が悲しむという事実を伝えた方が、心に響くのだろう。

「エリザベッタも、今回のことは反省しているようですわ。ところで、お父様にお願いがありますの。グレイスに新しい身分と名前を授けたいのです。ポールスランド伯爵家が経営する学園に通わせ、専属家庭教師もつけ、どこに出しても恥ずかしくないレディにさせたいのですわ」

「……ほぉー。ふふふ、よほどフィリシアはグレイスが気に入ったのだね。エリザベッタの命の恩人で、フィリシアとエリザベッタがそれほど気に入ったのなら、ウォルフェンデン侯爵家の分家筋の養女に迎えさせよう。さらに儂《わし》が正式に後見人になればよかろう。必要な物はなんでも用意するぞ。こちらにもウォルフェンデン学園があるし、この屋敷で教育しても良いぞ？　孫娘が一人増えたと思うと実に嬉しい」

「お祖父様、グレイスはポールスランド学園に行くのよ！　だって、ウォルフェンデン学園に通ったら私達、離ればなれになってしまいますもの。私達はいつでも一緒にいたいのです」

エリザベッタ様の言葉が嬉しい。

「私もエリザベッタ様と一緒にいたいです」

私達は目を合わせ、温かい微笑みを交わす。

ウォルフェンデン侯爵様は、私とエリザベッタ様の頭を交互に撫でて満足げに頷いた。

「いつまでも仲良しでいなさい。人の出会いとは面白いものだな。今回のエリザベッタの無謀な行いは褒められたものではないが、グレイスと出会えたことはきっと神様の思し召しだろう。フィリシアが見込んだ娘ならば、きっと素晴らしい子に違いない」

その後は大人の話し合いということで、私達は外で遊んで良いと言われた。

私が養女になるの？　後見人がウォルフェンデン侯爵様？

いろいろ不安にはなったけれど、ポールスランド伯爵夫人に全てお任せしていれば悪いようにはならないと信じていた。

なによりフラメル家には二度と戻りたくない。

「グレイス、心配しなくて大丈夫よ。お祖父様はとても影響力のある大貴族なのよ。だから、きっとグレイスのことも良いようにしてくださるわ。難しいことは大人に任せて、私達はひまわりの迷路に行きましょう。あの門のところよ。それから浜辺まで行って夕日を見ながらおしゃべりするの。

飲み物や食べ物も持っていきましょう。早速、ピクニックだわ」

私達はウォルフェンデン侯爵邸に着いた早々、多くの侍女やメイド達を引き連れて、ちょっとしたピクニックを楽しむ形になった。

時間はお昼をとっくに過ぎていて、二人ともお腹が空いていた。二台の馬車でまた門のところまで戻り、さきほどの浜辺のあたりまで行くだけなのに、ウォルフェンデン侯爵家お抱え騎士達が五人も付いてきた。

「浜辺に行って夕日を眺める間に、どんな危険があるかもしれませんからね」

お抱え騎士の一人が、不思議そうな顔をしている私に説明をしてくれた。

平民だった私が思い浮かぶ危険は波にさらわれる等の水害だけれど、この騎士達は武装していて別のことを考えていたみたい。

「お嬢様達を誘拐して、身代金を要求してくる悪者も世の中にはいますからね。決して、にこにこして話しかけてくる他人に気を許さないでくださいね。良い人に見える者ほど怖いと思ってください」

そう言われて少し不安になった。

名前が変わったら今までの私ではなくなるのかしら？　学園に通ってお勉強ができて、ポールスランド伯爵家のお役に立てるのは嬉しい。

でも、もうポールスランド伯爵領の商店街を一人で歩いてお買い物をするとか、店主のおばさんやおじさん達と気軽に話すこともできなくなるのかしら？

私は図書室で読んだ本のどこかに書いてあったことを思い出す。『人はなにかの犠牲なしになにも得ることはできない』とそこには書いてあった。憂鬱な気持ちが一瞬したけれど、すぐに思い直した。

そこには一生犠牲にするとは書いていなかったのよ。頑張って目標を達成すればいつかきっと会いに行けるし、立派になった私を見せることが、私を可愛がってくれた人達への恩返しになるかもしれない。そう考えたらなにも犠牲にしなくて良い。ただ一定の期間だけ辛抱すれば良いのよ。

『自分の機嫌は自分でとりなさい』と、ポールスランド伯爵夫人がおっしゃったことも思い出す。考え方一つで自分の機嫌がとれるなら、気分が明るくなる方を選ぼう。


門から入ってすぐ右手にあったひまわり畑に着いた。そこには背の高い大きなひまわりが一面に咲いていた。背丈は私達よりずっと高くて、花は私達の顔の倍以上もあった。

ここはウォルフェンデン侯爵家の敷地の中だから、ここで遊べるのは私達だけだ。二人だけで遊ぶにはもったいないほど広くて贅沢な施設だった。

ひまわり畑の隣のログハウスはとても広くて、食堂や居間もありバスルームまで完備されている。この建物がひまわり畑を楽しむためだけに作られたというから驚きだ。

「汚れてもいい服に着替えましょうね。いっぱい楽しんでくださいませ」

侍女達が私達に着せてくれる服は、飾り気のないブラウスに乗馬用ズボンだった。髪の毛は二人ともきっちり三つ編みにしてもらい、水筒とサンドイッチにクッキーと果物を入れた小さなリュックを渡された。

「さぁ、出発しましょう！」

元気なエリザベッタ様のかけ声とともに、二人でひまわり迷路に挑戦だ。迷路は複雑でたくさんの道に分かれていた。二人とも選ぶ道が分かれてしまっても、途中で必ず再会できて抱き合って喜ぶ。同じようなところをグルグル回っているように感じる時には、一緒にひまわり畑に座り込んで水筒の冷えたお茶を飲み、サンドイッチを頬張った。

何度も座り込んでおしゃべりをしながら、背の高いひまわりを見上げた。

「お兄様ともここでたくさん遊んだわ。お祖父様はね、意地悪なところもあるの。私達が簡単に攻略できないように、とても複雑にひまわりの迷路を作らせるのよ。でも長い時間、こうしてお茶とお菓子を持って探検できるから、私はこの迷路が大好きよ。地面にそのまま座ってサンドイッチを頬張るなんてことも、ここでしかできないしね」

地面では蟻が私達の落としたクッキーの欠片を見つけて忙しく運ぼうとしていた。ミツバチは機嫌良さげに羽音を立ててひまわり畑を飛び回っている。

とてものどかで平和な光景だ。午後のきつい陽射しを背の高いひまわりが日陰を作ってくれ、爽やかな風がときおり吹いてくる。やっと迷路を抜け出すと、侍女達から「お疲れ様でした」と声をかけられ、専属侍女になったレーアが満面の笑みで迎えてくれた。

　バスルームで汗を流し、涼しげなワンピースに着替えると、今度は海に向かった。浜辺に着く頃には夕暮れになりかけていた。犬を連れて散歩をする人々の姿が見える。

　オレンジ色に染まった空が、熟れたトマトのような色に変わっていくなか、燃えるような夕日が海の果てにゆっくりと沈んでいく。

「グレイス、手を繋ごう」

「はい」

　砂浜を歩きながら、綺麗な貝殻を拾っては、お互いに交換し合った。

「ほら、この貝殻は特別綺麗でしょう？　だからグレイスにあげるね」

「ありがとうございます。でしたら、こちらの貝殻はエリザベッタ様にさしあげます。ピンクでとても可愛いですからね」

「ありがとう！　私ね、前にも言った通り、お姉様がずっと欲しかったの。最近はなんだかグレイスが本当のお姉様みたいな気がするわ」

「とんでもない。私なんかが……あ、違う。嬉しいことを言われたら『ありがとう』とお礼を言いなさいと、ポールスランド伯爵夫人に言われたのでした。えぇっと、恐れ多いことだと思いますけれど、とても嬉しいです。ありがとうございます」

「ふふっ。私ね、グレイスと会えてとても良かったわ。メイドや侍女とは違うし、学園の友人達とも違う。きっと、ずっと仲良くできる人だと思ったの」

なんて嬉しいことを言ってくださるのだろう。

「私はあの日にあの道をあの時間に通ったことを、神様に感謝しない日はありません。エリザベッタ様を助けることができて、自分の生きている意味まで信じられました」

「大好きよ、グレイス」

エリザベッタ様が抱きついてきて、私もいつのまにか泣いていた。

私の元家族達の姿が消えていく。

その代わりにポールスランド伯爵家の方々の顔が大事な場所に収まった。


「本日からグレイス様付きの専属侍女になります、キティとアメリアでございます！」

浜辺の貝殻拾いからウォルフェンデン侯爵邸の居間に戻ると、私をにこにこしながら待つ侍女達がいた。

「レーアも引き続き専属侍女のままなので安心しなさい。この二人は美容のプロフェッショナルです。スキンケアや髪のお手入れにメイクの仕方、時と所と場合に応じて、服装などを選ぶこともとても上手ですよ。ウォルフェンデン侯爵家の女性達を、美しく磨き上げてきた技術を全て習得しています」

ポールスランド伯爵夫人が、この二人を紹介した。

「私達二人はウォルフェンデン侯爵家で、フィリシア様の専属侍女だったのですよ。ですが、フィリシア様がポールスランド伯爵家に嫁ぐ時期に、ちょうど私達の母が病で寝込みました。母の世話をするため、フィリシア様がこの地に残るようにおっしゃってくださったので、ポールスランド伯爵領には付いていかなかったのです」

「この二人は仲の良い姉妹なのですよ。父親はすでに他界して母親が一人いてね。親孝行だったこの二人を、とてもポールスランド伯爵領には連れていけなかったのです。私の専属侍女の代わりはいても、この二人の母親にとって娘の代わりはこの世にいないですからね」

ご自分の専属侍女達の家族の幸せもちゃんと考えていらっしゃったなんて、ポールスランド伯爵夫人は本当に心根の優しい方だと思う。

「確かにお二人とも似ていますね。お母様の具合はもうよろしいのですか？」

私は二人に尋ねた。

「はい。あれから元気になって、親孝行がたっぷりできたのもフィリシア様のお蔭です。今回のグレイス様専属侍女のお話は願ってもないことです。ずっとこのような機会があれば、ご恩返ししたいと思っておりました。誠心誠意お仕えすることをお約束します」

二人はポールスランド伯爵夫人と私をキラキラとした目で見つめ、心から嬉しそうに微笑んだ。

ポールスランド伯爵夫人を敬愛しているのが伝わってくる。

ポールスランド伯爵夫人の使用人思いの優しい人柄に心を打たれている私をよそに、ポールスランド伯爵夫人とこの二人はもう私の変身計画を議論していた。

「グレイスの髪はせっかく綺麗な色なのに、ずいぶんと傷んで色あせたように見えてしまうの。艶を出してしっとりとした髪に戻してあげたいわ。あとはお化粧なのだけれど、この顔立ちはクールビューティを目指せば成功すると思うのです」

「はい。フィリシア様と同じ系統の美人さんですね。いろいろ試し甲斐があります。涼しげな切れ長の目はアイラインの入れ方でぐっと引き立ちますからね。まさしくクールビューティまっしぐらになれますわ。服などはフィリシア様のご令嬢時代のドレスやワンピースが全部いただけるのなら、特に新調しなくても良いと思います。ブルーやラベンダーにクリーム等の上品な色が大半ですし、デザインもシンプルなので流行に左右されません。それらを少しアレンジするだけで、とても洗練されたレディのできあがりですね」

アメリアがそう言いながら私の顔を見つめた。どう化粧していけば良いのかシミュレーションしているようだ。

「そうね、私のドレスやワンピースはとても高価な生地で仕立てられていますし、グレイスが着てくれればこれほど嬉しいことはないわ。エリザベッタは乙女チックな可愛らしいドレスやワンピースの方が似合いますからね」

ポールスランド伯爵夫人は私にご令嬢時代のドレスを全て譲るとおっしゃった。

そこまでしていただいて良いのかしら？　本当に申し訳ない気持ちなのだけれど……

「髪は確かに傷んでいますね。腰まである長さですが、毛先は多めに切り揃えて、まっすぐで艶々な髪に仕上げます。私の特製トリートメントを一回でもすれば、見違えるように輝きが出るはずです」

キティが私の髪を手に取って枝毛のチェックをした。

自分が別人になる気がしてそわそわしてしまう。

まさか私に三人も専属侍女がついて、クールビューティを目指すなんてフラメル家にいた頃には想像もできなかったことだ。

「さぁ、それでは夕食の前に身体を磨きましょう。私達が専属になった以上は、この国一番の美女になっていただきますよっ！」

そう言いながらキティが持ってきたのはアボカドで、フォークの背でそれを丁寧に押しつぶし、ココナッツオイルと蜂蜜を混ぜペースト状に練っていく。

居間から私の部屋に移動し、二人はやる気満々で瞳を輝かせていた。

「それはお菓子になるのですか？」

「いいえ。これはグレイス様の髪に塗るものです」

キティはにっこりと笑った。

「さて、私は入浴するお湯にミルクを入れてきますね。湯上がりには全身マッサージをいたしますので、香油もたっぷり用意しないといけません」

アメリアはテキパキと入浴の準備をしていった。レーアも一緒に入浴の準備を手伝い、あっという間に私は薔薇の花びらの浮かんだ乳白色の湯の中に浸かっていた。

「贅沢ですね。こんなに良くしてもらって良いのかしら」

ぽつりと呟いた私に三人が頷いた。

「ウォルフェンデン侯爵閣下やポールスランド伯爵家の方々は、気まぐれで人の人生を弄ぶような貴族達とは違いますよ。良くしてもらっていると思うのでしたら、それはグレイス様にその価値があるからです。不安に思うことは少しもありません。ご自分を信じて良いし、フィリシア様を信じてくださいませ」

アメリアが私を諭すように言い、キティは髪にさきほど作ったものを塗ろうとした。

「は、はい。もちろんポールスランド伯爵夫人のことは信じています。でも」

「でも？」

「そのべたべたな物を本当に髪に塗るのですか？　食べた方が良くありません？　もったいないのでは……」

「いいえ、これはまんべんなくグレイス様の髪に塗るものです！　この私も信じてくださいね」

キティはねっとりとしたアボカドを私の髪に少しずつ塗りつけていき、丁寧に伸ばしていった。

観念してぎゅっと目を閉じる。髪全体に塗られて蒸しタオルに包まれると、その合間にハーブティーが淹れられた。

「これをお飲みくださいな。肌にとても良いそうです」

レーアがアメリアに言われた通りの配合でハーブティーを淹れた。

どうやらキティは髪の手入れ、アメリアは肌の手入れのプロフェッショナルらしい。

しばらくしてから髪を洗い流すと、驚くほどしっとりしてパサつく感じはすでになく、梳かしつけながら熱をあて乾かしていくと、まっすぐなサラサラの髪になっていった。

肌を香油でマッサージされうとうとしているうちに、いつのまにかドレスまで着せてもらっていた。

全身マッサージのお蔭で手もすべすべのはずなのに、無意識にコンスタンティン様からいただいた香りのしないオイルを手に塗る。ポールスランド伯爵邸にいる時はワンピースのポケットに入れていたし、外出時はいつも小さなポーチの中に大事に入れて持ち歩いていた。

「あら？　それはなんですか？　さきほど上等な香油でマッサージしたばかりですから、変なものを塗っては効果が落ちますすよ」

早速アメリアに注意された。

「ごめんなさい。これはね、コンスタンティン様にいただいたものです。本当は薔薇の香りの香油をいただいたのだけれど、私が一生の宝物にすると言って使わなかったので、これもくださいました。つい、いつも塗っていたので習慣になっていて……暇さえあれば手にこうしてつけてしまうのです」

「ちょっと失礼。それを貸していただけませんか？」

アメリアは容器ごと持っていき、私の部屋を後にした。

「アメリアお姉様は研究熱心ですの。多分あの成分を分析しているところです。まもなく戻ってきますから心配しないでくださいね」

キティが言うように、しばらくして戻ってきたアメリアは「ごくありふれたキャリアオイルかと思ったら、中身は上等なホホバオイルでした。どんどん手に塗ってあげてくださいませ。早く使い切って、またねだってあげましょうね」と不思議なことを言ってきた。

キティは「あのコンスタンティン様にも春が来るのかしら」とコロコロと笑い、レーアは「コンスタンティン様はグレイス様には特別お優しいのですよ」と得意気に言った。

「コンスタンティン様はマッキントッシュ学園でディラック公爵令嬢に付きまとわれてから女性が苦手になったと聞いていたけれど、それはすでに治ったということなのかしら」

アメリアが首を傾げる。

「そういえばかなり前に、王家からディラック公爵令嬢にコンスタンティン様への接近禁止命令が出たと、旦那様《ウォルフェンデン侯爵》がおっしゃっていたことがあったわね」

とキティ。

「それでも効果がなくてディラック公爵令嬢がコンスタンティン様に婚約を迫ったら、性格矯正のために戒律の特に厳しい修道院にしばらく軟禁されたとも聞いたわよ。あれはフィリシア様が帰省なされて愚痴られた時に、聞かされたお話だったような気がするわね」

アメリアは遠い目をしながら苦笑した。

「まぁ、要するにコンスタンティン様は子供の頃からモテすぎて、女性が苦手だったのですよ。王家も一目置く大貴族のウォルフェンデン侯爵家の跡継ぎでもありますから、王家もいちいち口を出してくる傾向がありまして、面倒くさがって今もまだ婚約者がいないのですわ」

レーアはコンスタンティン様の現状を端的にまとめて私に説明してくれた。

「私もコンスタンティン様を見た時は、教会の壁画に描かれた美貌の大天使様かと思いました。あの方なら誰だって好きになりますよね」

私はしきりに頷きながらディラック公爵令嬢に少しだけ同情した。

あれほど素敵なコンスタンティン様だもの。付きまとうのは感心しないけれど、好きになってしまった気持ちはわかるわ。

おしゃべりをしながらもアメリアは私にお化粧を始めた。目尻にアイラインを引き、アイシャドウを瞼にぼかしながら、切れ長の目をより強調した形だ。口紅は淡いローズピンクで同色の頬紅もほんの少し塗ると、ベリンダとは真逆のクールな眼差しの美少女が完成した。

「完璧なクールビューティです！　グレイス様は思った通りとても化粧映えします。目元がフィリシア様に少し似ていますわ。とっても美しいですよ」

キティが言い、ほかの二人も頷いた。

「尊敬するポールスランド伯爵夫人に似ているなんて嬉しいです」

私の顔立ちを生かしたお化粧だと思う。ベリンダのような甘ったるい綿菓子のようなタイプにはなれないけれど、私なりの個性を最大限に引き出してくれた。

髪型は特別優雅に見える編み込みハーフアップで、後ろ姿がぐっとエレガントな雰囲気になった。

「自分ではないみたいに素敵です。前髪を斜め流しにするのも、とてもお洒落ですね」

「はい、最近はまっすぐ切り揃えた前髪より、このような斜め流し前髪を作るのが流行です。本当にお綺麗ですわ」

三人の侍女達は心からの賞賛の眼差しを私に向けたのがわかった。


ディナーの時間になり、すっかり垢抜けた私は大食堂に向かった。

ウォルフェンデン侯爵家の大食堂はポールスランド伯爵家よりさらに広い。

こんなに長くて大きなテーブルが全部埋まることなんてあるのかしら？

テーブルの長さはポールスランド伯爵家の二倍もあった。後にポールスランド伯爵夫人から聞いたお話によれば、ウォルフェンデン侯爵家には王族もいらっしゃるし、夜会を開くとなれば他国の貴族も招くので、規模がとてつもなく大きくなり大食堂もそれに合わせて広くなった、ということだった。

その長いテーブルの上座にウォルフェンデン侯爵様が座り、長辺の両側にポールスランド伯爵夫人とエリザベッタ様が座っていた。

「まぁー！　予想以上ですよ。とても綺麗になりましたね。髪型とお化粧で女性は変わるものです。あとは教養を身につけて自信を少しずつつけていきましょうね。ゆっくりと確実にね」

ポールスランド伯爵夫人は感嘆の声をあげた。

「本当にすっごく綺麗！　グレイスは背も高くてスラリとしているし、私のお母様に少し似ているわね。空想の中でずっと思い描いていた理想のお姉様にもそっくりよ。お兄様だって、きっとグレイスに見とれちゃうと思うわ」

「恐れ多いことですが、そうおっしゃっていただくととても嬉しいです。ありがとうございます」

褒められると居心地が悪くなり、思わず謙遜してしまいそうになる。

でも、この姿にふさわしい自信を持って、優雅にお礼を言おうと心に誓った。

「ウォルフェンデン侯爵領では魚を生のまま食べる習慣があります。美味しいですから、食べてごらんなさい」

目の前には魚料理がたくさん並べられていた。魚のムニエルやフライは見慣れているけれど、生の魚は初めてだ。ポールスランド伯爵夫人が私に勧めてくださった料理は、魚を薄く切った上に細かく切ったトマトと黄色のパプリカやバジルがのっていた。赤と黄色と緑の野菜が白身の魚を鮮やかに引き立て、目にも楽しい一品だった。

いつもコンスタンティン様の手元を見て学んでいたので、マナーは今ではほとんど困らない。毎日毎食一緒に食事をいただき、身体で覚えたものは決して忘れない。

けれど、初めていただく物ともなれば、やはりここはお手本を見ながら食べた方がいいだろう。

ポールスランド伯爵夫人の手元を見ると、薄く切られた魚をナイフとフォークで広げ、その上に野菜をのせて、魚で挟み込むようにして食べていた。

なるほど、あのようにして食べるのね。私も真似をして食べてみよう。

「これはね、ニンニクをオリーブオイルで炒め、塩胡椒をしたうえにレモンを絞ったものも加えて、それを野菜やお魚にかけたのよ。コックに作り方を教えてもらったことがあるの」

エリザベッタ様が料理法を教えてくださるので、それに頷きながらゆっくりとフォークを口に運んだ。

「とても美味しいです。生のお魚がこれほど美味しいなんて思いませんでした」

生臭さはまったくなくて、まろやかなオリーブオイルの風味とバジルの爽やかさが口の中に広がった。ニンニクも食欲をそそり、魚も身が締まって歯触りもプリプリだ。

「海があるウォルフェンデン侯爵領では新鮮な魚がいつでも食べられるのよ。諸外国との貿易も盛んだから、異国の珍しい食べ物や衣服に本、雑貨類などたくさんあります。グレイス、ウォルフェンデン侯爵領のことについても少しずつお勉強していきましょうね」

「はい」

私は勉強させていただくことがとても嬉しい。覚えることがたくさんあるのは苦にならない。多くの知識に触れられることは幸せなことだ。

本を読み知識を得たくて、ベリンダの捨てた本を拾い読みして何度も嘲笑われた。その後、ベリンダが本を捨てる時には、私が読めないようにビリビリにわざと破いて捨てていた。けれど、ここでは求めればそれ以上の物を与えてくださるポールスランド伯爵夫妻がいる。本当に感謝しかない。

居間に移動し甘いデザートとお茶が用意され、エリザベッタ様が楽しかったひまわり畑の話をすると、ウォルフェンデン侯爵様が愉快そうに笑い声をあげた。

「二人ともそんなに楽しかったかい？　だったら今度はもっと複雑な迷路を作らせよう。この地では年中ひまわりが放っておいても育つ。それほど喜んでもらえるなら、もう少し規模を大きくしても良いな」

「でしたら、もっと多くの子供達も遊べるような場所に作ったらいかがでしょうか？　ひまわりが咲かない領地から来る子供達に、この温暖な気候とひまわり畑の迷路の楽しさを経験してもらうのはどうでしょう？　コンスタンティン様がこの前、タネの食用化を考えていらっしゃいました。手始めにポールスランド伯爵領のラファッシニでお菓子の上にひまわりのタネをトッピングしてもらうというのも良い宣伝になりますよね。ひまわりのタネから搾り取れる油も、食べたり肌に塗ったりできるようです」

思わず口に出していた。

余計なことを言ってしまったかしら？

「ひまわりのタネを食べるのかい？　コンスタンティンはそんなことを考えていたのか？　確かにひまわりのタネは異国では食べる習慣があるが、我が国ではリスやハムスターの餌どまりだ。でも悪い思いつきではないな。人気の菓子店を利用するのは、確かに手っ取り早い宣伝だ」

「グレイスは本当に賢いわね。ひまわりのタネは煎って食べるとお酒のつまみにもなると聞いたことがありますよ。ウォルフェンデン侯爵領にこれだけたくさん咲き誇るひまわりですから、利用しない手はないですね。あまりに当たり前に生えているので意識していませんでしたけれど」

ポールスランド伯爵夫人は紅茶を飲みながらにっこりした。

「ふむ。ウォルフェンデン侯爵領のひまわり迷路で子供が遊び、ご婦人方はひまわり油で美を磨く。ひまわりのタネはお菓子にもなれば、煎って酒のつまみにもなると。つまり一大観光地の誕生だな？　漁港の近くに作ってとれたての魚も売ろう。さらに海鮮レストランにひまわりを利用した菓子を出すカフェも展開して……ますますウォルフェンデン侯爵領は栄えるのぉ」

「まったくですわ。本当にグレイスがポールスランド伯爵家に来てから、コンスタンティンもいろいろな発想が浮かび、エリザベッタは姉ができたようだと喜び、私はちょうどもう一人娘が欲しかったので願ったり叶ったりですわ」

「富と幸福をもたらす美少女か。手放した者は永遠に後悔するだろうよ」

ウォルフェンデン侯爵様が呟いた。

私を捨てた両親……それほど時間が経ったわけではないのに、とても昔のことのように感じた。

❀　❀　❀

「旦那様、アーネット子爵夫妻がお越しでございます」

「うむ。もう来たか」

ウォルフェンデン侯爵家に来て二日目のことだ。

早朝にこちらに着いたお客様は、家令に案内され居間に入ってきた。

来客用応接間ではなくすぐに家族団らん用居間に招き入れるということは、よほど親しくお付き合いしているか親戚の方なのだろう。

朝食を済ませたばかりの私達は、そこでお茶を飲みながら寛いでいた。

「ウォルフェンデン侯爵閣下、お久しぶりでございます。閣下におかれましては、ご機嫌麗しく……」

「あぁ、良い、良い。堅苦しい挨拶は抜きとしよう」

「はい。では早速ですが、急を要する頼みとはどういったことでしょうか？　私どもは閣下のおっしゃることでしたら、どのようなことでもさせていただきます！」

夫妻の男性の方が膝をつき、頭を低く下げた。

「まさか使いに出した者と一緒にやって来るとは思わなかったぞ」

「閣下からの急ぎの頼みと聞けば、私どもにとってはなにをおいても駆けつける火急の用件でございますので、こうして参りました」

「そうか。ありがとう。そのように捉えてもらえるのは誠に嬉しい」

「閣下には並々ならぬご慈悲をいただき、大恩もございますので、こうして駆けつけることは当然でございます」

アーネット子爵夫妻はウォルフェンデン侯爵様になんども頭を下げていた。

「実はここにいるグレイスを養女に迎えてほしいのだよ。この子はエリザベッタの命の恩人で、フィリシアと儂《わし》のお気に入りでもある。養育するのに必要な費用は儂《わし》が全て払おう。さらには後見人となり、グレイスの言動で問題が起きた際の責任は全て儂《わし》が負う。アーネット卿には一切迷惑はかけん。どうだろうか？」

「ポールスランド伯爵家で養育しますので、お手数をおかけすることはほとんどありませんわ。この私がエリザベッタと同様に、実の娘のように慈しみ育てていきます」

ポールスランド伯爵夫人が、にっこりと微笑んでそうおっしゃった。

「養女ですか？　確かにそのようなお話ならば、こちらにはなんのリスクもございません。書類上のことで子爵令嬢の肩書きが必要なのですね？　もちろんお引き受けしましょう」

アーネット子爵様は即答なさったけれど、隣のアーネット子爵夫人は顔を曇らせた。

「お待ちください！　私どもの娘は一年前に五歳で病死しました。国内のお医者様が匙を投げた際には、ウォルフェンデン侯爵閣下は異国の高名なお医者様を寄越してくださったり、希少な薬草を手配してくださったりと、あのご恩は決して忘れません。ですが、いくら私どもに責任が及ばない養女だとおっしゃられても、安易に決めることなどできません。私どもが養女を迎えるなど、亡くなったジョアンが天国で悲しむと思うのです」

「ヴェレリア、なんてことを言うのだい。大恩あるウォルフェンデン侯爵閣下の頼みなのだぞ？　君の気持ちもわかるが、ジョアンはもうこの世にいない。いつまでも引きずっていたらダメだ。少しずつでも忘れていくべきなのだよ」

「忘れるなんてできませんわ！　養女を迎えたらあの子《ジョアン》が天国で悲しがります。『私を忘れてしまうの？』と、泣いている気がします。それが書類上のことであっても、あの子《ジョアン》にとっては変わりません。それに、このグレイス嬢がどのような方なのかも、まだなにも聞かされていません。即答などできるはずがないではありませんか？」

アーネット子爵夫人は泣きじゃくりながらも私に目を向けた。

悲しみに暮れた傷ついた瞳。最愛の娘を失って立ち直る術が見つからない母親の目だ。

その瞳に浮かぶ言いようのない絶望の色に心が締め付けられた。

ポールスランド伯爵家の方々に出会う前で、家出をしたばかりの私もあのように出口のない絶望感に襲われ、同じような目をしていたかもしれない。

愛娘を亡くしたアーネット子爵夫人の悲しみと、家族から嫌われ捨てられた私の悲しみが同等だとは思わない。けれど、人の心の痛みは自分が辛い目に遭ってきたからこそわかる。

アーネット子爵夫人の心が少しでも救われれば良いのに。

この私になにかできることはあるかしら？

「そうか。儂《わし》の配慮が足りなかったな。形式上の養女とはいえ、なにかの折には顔を合わせエリザベッタやグレイスと触れ合うこともあれば、娘を亡くした心も少しは慰められるかと思ったのだがなぁ。かえって傷つけてしまったようですまないね」

ウォルフェンデン侯爵様は申し訳なさそうに眉尻を下げた。

「失礼ですが、私もこのお話に加わってもよろしいですか？」

私はゆっくりと立ち上がり、アーネット子爵夫人の前に進み出た。

「まぁ、どうぞ。私はヴェレリア・アーネットです。あなたを嫌いとか、そういうことではないのですよ。ただ私は娘を忘れたくないし、グレイス様についてなにも存じ上げませんし、すぐに決心がつかないのです」

「わかります。では、私のことを全てお話しますので、そのうえで判断なさってください。私はフラメル商会の長女として生まれました。両親は妹だけを溺愛し、私はメイドのような存在でした。妹はフィントン男爵領で一番学費のかさむフィントン学園に通う一方で、私はどこの学園にも通わせてもらえず、メイドとコックの代わりに働かされたのです」

「えっ！　それは酷いお話ですね。可哀想に、辛かったでしょう？」

「はい。でも、ポールスランド伯爵領の商店街では読み書きを教えてくれるおばさん達がいましたし、本屋のおじさんは新聞を読んでくれて難しい言葉も説明してくれました。辛い時は家の裏庭にある木に登り、自分なりに楽しいことを見つけました」

「そんな生活を強いられていて、楽しいことなどなかったでしょうに」

アーネット子爵夫人は私の顔を驚いたように見つめた。

「無理にでも楽しいと思えることを作るようにしたのかもしれませんね。お天気が良ければそれだけで一つ得した気分だと思ったし、綺麗な花が咲いているだけでも、その花を見ることができて良かった、と思うようにしました。その日に一回だけでも、ほんの一瞬でも幸せな気分になれたら生きているのも悪くない、と思うようにしたのです」

「そう、とても前向きな子なのね」

「でも、さすがに家を飛び出した時は辛かったです。それは……」

ポールスランド伯爵家の方々にも、家を出た経緯を自分から詳しくお話するのは初めてだ。エリザベッタ様のことを助けたから追い出されたなんて言いづらかったし、なにより自分が家族の誰からも愛されていないことを知られてしまうのが恥ずかしかったから。

でも養女にしてくださる方々に秘密にしてはおけないわ。たとえ書類上のことだけであっても、初めて会うどこの娘ともわからない私を籍にいれるのは嫌なはずだもの。

エリザベッタ様を助けて叱られたことや、そのためにラファッシニのお菓子が買えずフィントン男爵家のデリク様のお茶の支度が遅れたこと。

さらにデリク様に殴られた経緯も全て包み隠さず申し上げた。

「酷い親だったのね。グレイス様は尊い行いをしたのよ。なのに、それが原因で叱られて殴られるなんて、悲しかったし辛かったわね。可哀想に……」

アーネット子爵夫人は全てを聞き終えて、私のために新たに涙を流してくださった。

ポールスランド伯爵夫人とエリザベッタ様にウォルフェンデン侯爵様は、私の家族に憤慨してプリプリしている。

「はい。ですが、今ではポールスランド伯爵家の方々と会えて幸せです。これは私の考えなのですけれど、アーネット子爵夫人は亡くなったジョアン様を忘れる必要はないと思います。ジョアン様を思い出してあげることは、その人の心の中で生き続けることでしょう？」

「心の中で生き続ける……」

アーネット子爵夫人が小さな声で呟く。

「本当にグレイスの言う通りね。ヴェレリアは頻繁にポールスランド伯爵邸へいらっしゃるべきよ。私とグレイスにエリザベッタが、ジョアンの思い出話をたくさん聞きますわ。好きだった食べ物やオモチャやお花のお話とかね。皆でジョアンのことを思って話題にすれば、皆の心の中でジョアンはいつまでも生き続けることになるのよ」

ポールスランド伯爵夫人が柔らかく微笑んだ。

「それはいいですわね。アーネット子爵夫人、私達といろいろおしゃべりをしてたくさん笑いましょう。笑うことはとても良いことだと、どの本にも書いてあります」

エリザベッタ様はアーネット子爵夫人に人懐っこい笑みを向けた。

「笑う？　あの子が天国できっと悲しむわ。あの子が亡くなったのに、それを忘れたように笑うなんて……」

「ジョアン様は決してそのようなご息女ではないと思います。ジョアン様はきっと、いつまでも悲しむお母様より、笑って楽しく過ごしているお母様を見たいと思っていますよ。だって、大好きなお母様には幸せでいてほしいと願うはずでしょう？　私はジョアン様の代わりにはなれません。ですがジョアン様について話してくだされば喜んでお聞きしますし、命日には一緒にジョアン様の好きなお花を持って墓前に添えたいと思います」

「ヴェレリアが嫌なら無理にグレイスを養女にしなくても良いのよ。このように優しく賢いグレイスですから、養女に迎えたがる貴族はいくらでも見つかりますからね」

ポールスランド伯爵夫人が、気遣うようにアーネット子爵夫人の手を握った。

「……そうですね……確かにジョアンは私が幸せそうに笑うことを悲しむような子ではありませんね。……グレイスちゃんの言う通りだわ……決心しました。グレイスちゃんをアーネット子爵家の養女にします。そうして頻繁にグレイスちゃんに会いに行きます」

しばらく黙って考え込んでいたアーネット子爵夫人は涙を拭いてキッパリと宣言した。

いつのまにか私が『ちゃん』付けになっていて、アーネット子爵夫人は私をしっかりと抱きしめる。

「ジョアンも優しいお姉様ができたと喜んでいる気がします。私もグレイスちゃんのような妹思いの子を養女にできて嬉しく思います。ジョアンは私の心の中で生きていて、さらにグレイスちゃんが私の子供になるのですから、娘が二人もできたことになりますわ。だからもう、悲しむことはやめます」

アーネット子爵夫人は泣き笑いをなさって、これは嬉し涙だとおっしゃった。

この日は私に新しい両親ができた記念するべき日となった。


私達は庭園のガゼボでアーネット子爵夫人を囲んで皆でお茶をした。

ガゼボの周りにはブーゲンビリアやフヨウ、ハイビスカスが咲いており、ジョアン様の好きだったというブラックベリーも今が食べ頃だった。

ジョアン様の席も設け、ケーキやお菓子を前に置いた。ジョアン様は赤いハイビスカスの花を好んだというから、快活で明るい女の子だったのだろうと想像してみる。

私はジョアン様のカップに紅茶を注いだ。侍女に任せたくなかったのは、妹になったジョアン様のお世話は私がしてあげたかったからだ。

ジョアン様、よろしくお願いしますね。これからはいつだって私達が貴女を思い出しますし、こうして一緒にお茶を楽しみ、楽しいことがあったら分かち合いましょう。ジョアン様は私の心の中でずっと生きていますよ。

亡くなった人がこの世からすっかりいなくなってしまうわけじゃない。

遺族や友人が優しい気持ちで思い出し、たまに話しかけてあげるだけで、その人は永遠の命を得たのと同じことになる気がした。

アーネット子爵夫人が話してくださるジョアン様の思い出は、私が持つジョアン様のイメージをより具体的にしていく。まるでその席にかけているかのように思えてきたほどだ。

ポールスランド伯爵夫人もにこにことあいづちを打ち、アーネット子爵夫人はたくさん思い出話をしてくださった。

❀　❀　❀

ポールスランド伯爵邸に戻ると、語学とピアノにヴァイオリンの先生が私のために新たに雇われた。

初めての楽器は触ることすら緊張したけれど、ピアノやヴァイオリンを優雅に弾きこなす自分をイメージして練習に励んだ。

練習すればするほど上達していくのが嬉しくてすっかり夢中になっていると、「初めてにしては素晴らしい上達ぶりです！　本当は以前から楽器をなさっていたのでは？」と先生に聞かれた。

「いいえ。そうおっしゃってくださるのはとても嬉しいですが、本当に初めてです。上達が早いとしたら先生の素晴らしいご指導のお蔭だと思います」

私を教えてくださる先生方は実に教え方が的確で、優しさの中にも厳しさがあり、素晴らしい方達だ。語学の先生からは基礎的な字の綴りや言葉の意味などを教わり、今まで学園に行けなかった分の遅れも一気に取り戻した。同時に諸外国の言葉も自国語と比較する形で覚えていく。こうすることによって、より覚えやすくなるのは不思議だった。暗記する量自体は増えてしまうのだけれど、スバール語で意味する言葉をウェルボーン語やダウデン語ではどのように表現するか、というように同時進行していく。

私の住んでいる国はスバール国で西にウェルボーン国、東にダウデン国、北にアグリッパ国、南にシュトロハイム国となる。この四か国とスバール国は隣り合っているので言語もそれほど異質なものではなく、関連づけて覚えてしまえばそれほど難しくはなかった。

なにより異国の本が読みたい一心で励む。学園に通うまでの準備期間は充実しながらも毎日忙しく過ごしていた。

ある日、王家の使いがポールスランド伯爵家を訪れた。その方は王家の使いなので、来客用応接間でも一番豪華な広い部屋に案内された。

私も同席し、養子縁組の件についてお話を伺った。

「こちらが王家の発行した養子縁組の許可書です。おめでとうございます！　グレイス様はアーネット子爵家に実子としての特別養子縁組が認められました。後見人はウォルフェンデン侯爵閣下とポールスランド伯爵閣下にポールスランド伯爵夫人の三人ですし、フラメル家のサインも揃っておりましたので、なんの問題もなく許可された形です」

「まさか……実子としての養子縁組が成立したのですか？　しかも三人も後見人になってくださるなんて、ありがとうございます。けれどフラメル家のサインはいつもらいに行ったのですか？」

「それはね、わたしとお祖父様が直接会いに行ったのだよ。でも詳細は聞かない方がいい。グレイスの実の両親はこう言ってはなんだけど、付き合う価値のない人達だと思うからね。グレイスは思い出すこともしなくていいよ」

コンスタンティン様に言われるまでもなく、今ではあまり思い出すこともない。元々、家族という温かい関係ではなかったし、辛い思い出しかないのだから。

「だったら、もうグレイスのことをグレイスお姉様って呼んでもいいでしょう？　ねぇ、お父様もお母様も賛成してくださるわよね？　だってジョアン様のお姉様になったのなら、私のお姉様にもなってほしいもの。そしたら私達三人姉妹ってことになるでしょう？　以前からお姉様や妹が欲しかったわ」

「そうね。グレイスはアーネット子爵令嬢になったのですから、年下のエリザベッタが呼び捨てにするのは良くないわね。グレイスお姉様と呼んでも問題ないですよ。むしろ、ヴェレリアは喜ぶでしょうね。亡くなったジョアンに二人の姉ができたようだと思って感激するはずよ。皆で一つの家族みたいになれたら素敵なことよね」

そんなわけで、エリザベッタ様が私をグレイスお姉様と呼び、私はエリザベッタ様を『エリザベッタちゃん』と呼ぶことになった。

これを機会にジョアン様も同じく『ジョアンちゃん』と心の中で呼びかけることにした。

実の妹であるはずのベリンダの顔には靄がかかり、代わりにエリザベッタちゃんとジョアンちゃんがすっぽりと収まった。一人ぼっちだと思っていた私にどんどん家族ができて、冷たい氷に覆われていた心が毎日暖かい陽の光に照らされていくようだ。

今までの私はここに置いていただくことが申し訳なくて、必死でお役に立たなければいけないという義務感のような気持ちに駆られていた気がする。

今はたくさんの愛を感じ感謝の気持ちでいっぱいで、その愛や期待に応えたいという、とても積極的な気持ちに変わった。

二人も愛しい妹ができたことも嬉しい。一人はすでに亡くなっているけれど、妹として私の心には生き続ける。これはとても大事なことだ。

王家が特別養子を認めたという証明書をアーネット子爵家に持参する役目はランスロットになっ

た。彼はフィントン男爵家で家令を務めていたが不当解雇され、気の毒に思ったコンスタンティン様が執事として雇い入れたそうだ。

優しくて思いやりがあり、ほかの使用人達からもとても好かれていた。その彼が数日ぶりに戻ってきた。

「旦那様、アーネット子爵家へ使いに出したランスロットが戻って参りました。アーネット子爵家からお願いがあるとのことです。それからたくさんのプレゼントを託されたようです」

「ほぉ。今すぐランスロットをここに呼んでくれ。お願いとはなにかな？　たくさんのプレゼント？」

ポールスランド伯爵家の家令チャールストンの報告にポールスランド伯爵は首をひねった。

アーネット子爵家から戻ったランスロットは、居間で寛いでいた私達の前にたくさんの生地を山積みさせていく。それを見て、コンスタンティン様やポールスランド伯爵夫妻の顔がほころんだ。

「どうやらこれでグレイスにドレスやワンピースを作るようにという意味らしいわね。最高級のアーネット製シルク生地とコットン生地だわ」

「そうだな。アーネット子爵家は織物事業で大成功している裕福な貴族の一人だからね。アーネット領地で製造されるこれらの生地は王家が好んで愛用するものだ。貴族でも相当金銭的な余裕がないと手に入らない最上級なものだね」

ポールスランド伯爵様もその大量の生地を見て笑いながら頷いた。

「どれもとても素晴らしいわ。それにどうやらこれらの生地の長さだと二着分仕立てあげられる分量ですわね。あら、私宛ての手紙が挟んであるわ。……やっぱり、この生地でエリザベッタとグレイスのドレスやワンピースを作ってあげてくださいと書いてあるわ。心遣いが嬉しいわね。ちゃんとエリザベッタのことも考えてくださるなんて」

シルク生地はどれも素晴らしい光沢を放ち、淡いブルーやヴァイオレットにクリーム系、派手すぎない色合いのピンクやオレンジ等もあった。

コットン生地も柔らかく、身軽に動けるワンピースなどにおあつらえ向きだと思う。

「わたしへの手紙はどのようなものかな。あぁ、別荘を建てたいのでポールスランド伯爵領の土地を売ってほしいとある。グレイスの近くに住みたいらしい。アーネット領とこちらを行ったり来たりするようだ。アーネット子爵夫人は定住する気満々みたいだぞ。これから賑やかになるなぁ」

伯爵様はアーネット子爵様からの手紙を広げて笑った。

「ヴェレリアなら大歓迎ですわ。昔から仲は良かったし、妹のように思っていました。今は私達の支えが必要な時期ですもの。グレイスと過ごす時間が長くなれば、ポールスランド伯爵領から離れられなくなりそうですわね。この子はそれだけ人を惹きつける魅力があるのですわ。人徳でしょうね」

「人徳？　……そのようなものがあるとは自分では全然思っていませんが……このようなたくさんの高価な生地をいただいて、私はアーネット子爵夫妻にどのように恩返しをすればよろしいのでしょうか？」

夫人の言葉に私は首を傾げつつ言う。

「もう充分恩返しをしているのよ、グレイス。親にとってはね、あなたがこの世に存在するだけで最高に幸せなの。実子になったグレイスがこの世にいることが、ヴェレリアにとって一番の癒やしなのよ。そして娘のために生地を準備して送る作業もウキウキしながらしたと思うの。だからね、この生地で作ったドレスやワンピースを着るだけでヴェレリアへの恩返しになるわ」

「私がいるだけで、本当にアーネット子爵夫人は幸せなのですか？」

実の母親は私をいない方がいいと思っていたみたいだけれど……私が生きているだけで嬉しいなんてアーネット子爵夫人が思ってくださるのかしら？

「もちろんよ。そして私達も皆そう思っているわ。グレイスがここにいるだけで嬉しいのよ」

「そうよ。グレイスお姉様と一緒にいるのが嬉しいのよ。なにも特別なことはしなくていいの。家族ってそういうものでしょう？」

私の瞳からまた涙が溢れた。

私の存在を無条件で肯定してくださったのだ。それはどんな言葉よりも心に響いた。

これが家族の本来のあり方なら、私の家族は本当の意味での家族ではなかったのだ。

それから頻繁に手紙をやり取りするようになったアーネット子爵夫人を、気づくとヴェレリアお母様と手紙で呼びかけるようになるまで、あまり時間はかからなかった。いつも私の健康を気遣ってくださり、アーネット子爵領でとれた季節の果物や、可愛い帽子や扇子にバッグや靴など、私に似合いそうだと思う物はなんでも送ってくださった。

『困ったことがあったら、どんな小さなことでも相談してちょうだいね。グレイスちゃんは私達の可愛い長女です。グレイスちゃんのためならどんなことでもしてあげるつもりです』

文末に必ず添えられたこの言葉にも涙が溢れた。

この言葉だけで嬉しかったので、実際になにかをねだる気などおこらなかった。

この言葉に込められた大きな愛情を感じるだけで最高のプレゼントをもらった気分だったから。

私はそれに感謝して、その愛情にまっすぐに応えていきたい。

だからこそ、ヴェレリアお母様が自慢できる娘でありたいと自然に思えた。

私の中で大切な人がどんどん増えていく。

✽ ✽ ✽

ある日のこと、フィントン男爵領に住むカバデール準男爵から一通の手紙が届いた。内容はフィントン男爵家の婚約前祝いのパーティについてだった。

そもそも婚約前祝いってなんだ？

普通は婚約祝いパーティだろう？

しかも、わたしとリネータ嬢との婚約前祝いになっているという。

いったい、フィントン男爵家はどういうつもりなのだ？

「カバデール準男爵の屋敷に向かう。出立の準備をしてくれ」

わたしはすぐさま会いに行くと決断した。

このようなことは人任せにしてはいけない。自分の目と耳で確かめるのが一番だと思った。


準男爵は世襲称号の中では最下位で、貴族ではなく平民だ。領地もなく、貴族院にも議席を持たず、貴族名鑑にも載らない。

だから、カバデール準男爵邸は貴族のような城ではなく、平民の屋敷が少し豪華になったぐらいの大きさだ。来客用応接間に通されたがめぼしい調度品もなく、つつましい暮らしぶりではあったが、清潔で居心地の良い空間になっていた。

「これはコンスタンティン様、このようなところにわざわざお越しいただいて恐縮でございます」

「いや、よく知らせてくれたね。いきなり本題に入って申し訳ないが、わたしとリネータ嬢は婚約などしていないし、これから婚約する可能性もまったくないよ」

「やはりそうでしたか。あまりにもフィントン男爵様から送られた手紙の文面がおかしいうえに、身分が違いすぎますので本当のこととは思えませんでした」

丁重にわたしを出迎えてくれるその仕草も落ち着いており品があった。フィントン男爵よりよほどこちらの方が貴族らしいのに、残念なことだ。世の中には貴族にふさわしくない者が貴族であったり、その逆もある。

「それにしてもフィントン男爵家というのは面白いな。頭の中はどうなっているのだろうか？　君は本家筋のあちらに義理立てしなくていいのかい？」

「義理は先代にしかございません。フィントン男爵家の家令、ランスロット様にもとてもお世話になりました。ですが、今のフィントン男爵には嫌悪感しかございませんから」

「嫌悪感か。理由を聞いてもいいかな？」

「はい、フィントン男爵は先代の頃から誠心誠意仕えていたランスロット様を、退職金も払わずに身一つで追い出したのですよ。紹介状も渡さずにです。フィントン男爵家のためなら耳の痛いことでも当主に意見する人柄でしたから、それが煩わしくなったのでしょう。それに異議を唱えたのが、ランスロット様を慕っていたメイド達です。ですが、そのメイド達も不当に解雇してしまいました。ですからもう顔も見たくないのです」

「そのランスロットはどこにいるのだい？　解雇されたメイド達は？」

「ランスロット様はテイスラー通りに一軒家を借りてそこに住んでいます。今までの蓄えでお一人であれば暮らしていけたでしょうが、クビになったメイド達も住まわせて面倒を見ています。メイド達は紹介状をもらえなかったので、どこにも働き口を見つけられません。ランスロット様の蓄えもそのうち底が尽きてしまうでしょう。とても責任感のある方なのです。わたしはしがない準男爵で、屋敷にさらに家令やメイド達を置くほどの余裕はありません。今雇っている執事とメイド二人で精一杯なので、助けることもできません」

準男爵では確かに家令とメイドを増やすことは無理だろう。そもそも家令は複数人いる執事をまとめる者で、貴族のうえに金持ちの家しか雇わない上級使用人だ。

「だったら、ポールスランド伯爵家で雇おう。ポールスランド伯爵家にはすでに家令がいるから執事として雇うことになるが、彼の条件なども聞いておきたい。ランスロットのところに案内してくれないか？　それから、君はそのパーティに出席してほしい。フィントン男爵には少しお仕置きしなければいけないからね」

「押し置きですか？　わたしは犯罪めいたことはできません」

「そんなことをわたしがさせると思うかい？　ほんの子供の悪戯みたいなものさ」

わたしは不安がるカバデール準男爵に、悪戯っぽい笑顔を向けた。


馬車は商店街を抜けて、こぢんまりとした家々が並ぶテイスラー通りを走る。

突き当たりのあまり日の当たらない敷地に建つ一軒家がランスロットの住まいだった。

呼び鈴を鳴らすと、あのひまわりを届けてきた少女が出てきた。

「やぁ、元気だったかい？　解雇されたことは聞いたよ。わたしが来たからには安心してほしい。もう大丈夫だからね」

カバデール準男爵に、このメイドとは顔見知りであると伝えた。

「ポールスランド伯爵家の若様？　まさか……このようなところにいらっしゃるなんて思いませんでした。母もほかのメイド達も一緒に解雇されました。紹介状をいただけなかったので、新しい働き口も見つかりません。ランスロット様にはかえって迷惑をかけてしまい、申し訳なく思っていたところです」

なんとも気の毒な話だった。フィントン男爵のような愚かな主人のもとで働く使用人達はとんだ災難だと思う。自分勝手な我が儘で、なんの落ち度もない使用人をクビにし路頭に迷わせるなど、まともな貴族のするべきことではない。

「紹介状を渡さず解雇されるのは盗みを犯した者、怠け者で働かない者、日頃の行いが悪い使用人だけだ。家令の解雇の仕方に抗議をしただけでされるのはおかしい。フィントン男爵はやりたい放題だな」

「はい、ランスロット様は『リネータお嬢様はポールスランド伯爵家の若様から好意を持たれてはいません。ひまわりをしつこく送るのはあちらに迷惑です』とおっしゃっただけなのです。リネータお嬢様は泣きわめき出して、旦那様は『大事な娘を虐める家令はクビだ』とおっしゃいました。それに抗議をした私達もクビになりました」

メイドの説明にすっかり呆れて、ランスロットの今までの苦労に同情した。

「今までよくフィントン男爵家に仕えたね。ランスロットは立派に仕事をこなしたと思うよ。これからはわたしのために働いてくれるかい？　ポールスランド伯爵家に来て執事の一人としてその経験を活かしてほしい。ポールスランド伯爵家にはすでに家令はいるが、有能な執事は何人いても困らないからね。もちろん君やほかのメイド達も一緒に引き受けよう」

案内された部屋は狭い来客用応接間ではあったが、きっちりと整頓された部屋の様子にランスロットの几帳面さが窺《うかが》えた。

わたしは彼をねぎらい、わたしのもとで仕事をするように誘った。

「メイド達は紹介状がないのですよ。きっと家政婦長《ハウスキーパー》の面接で皆落とされます」

ランスロットは自分の身よりもメイド達のことをしきりに心配していた。

このような人情味のある人柄ならば、安心してポールスランド伯爵家に迎えられそうだ。

「その点は大丈夫だ。ポールスランド伯爵家の家政婦長《ハウスキーパー》やそのほかの使用人達も、皆フィントン男爵家が嫌いだからね。あちらの紹介状を持ってきた方が落とすくらいだよ。ポールスランド伯爵家で半年間雇うことは必ず約束しよう。そのままうちで働きたい者は残ればいいし、希望があればこちらから紹介状を出そう。紹介状は半年以上働かないと出せないものだからね」

「よろしいのですか？　本当に助かります。ここにいるメイド達はとても働き者です。よろしくお願いします」

ランスロットはメイド達の就職先が決まったことをなにより喜んでいた。

「乗り合い馬車の中には、ポールスランド伯爵邸の近くまでを路線にしたものがあるはずだから、それに乗って皆で来ればいいさ。ポールスランド伯爵家は誠心誠意仕えてくれた使用人には、たっぷりの退職金と住宅を購入する際の補助金も与えている。だから安心して来てほしい」

喜びの涙にむせるランスロットとしきりに礼を言うメイド達に囲まれ、当然のことをしただけなので少し気恥ずかしい思いがした。

父上やお祖父様はむやみに使用人を解雇する方ではなかったし、勤勉な使用人達には厚待遇を約束していた。使用人の質を見れば当主がわかる、とお祖父様はよくおっしゃっていたものだ。だからフィントン男爵のやり方は私にとっては理解不能だったし、その分憤りも激しく感じた。

さて、どのように懲らしめてやろうかな？

「カバデール準男爵。これで君の心配ごとは消えたよね。わたしは責任を持ってランスロット達を引き受けよう。ところでフィントン男爵家のパーティについて聞かせてほしい。どのような形式のパーティなのだろうか？」

「そうですね、フィントン男爵家のパーティでは、大きくて目立つプレゼントを持参するのが決まりになっています。誰が持ってきたかわからないように、あらかじめパーティホールの真ん中に包みをほどいた状態で無造作に並べられます。それをフィントン男爵が一つ一つ手に取り、持参した者が前に進み出るという流れです。フィントン男爵がお気に召せば、それを持ってきた者は褒められ、そうでなければそこで恥をかかされます。それがメインイベントになっており、あとは普通のビュッフェスタイルのパーティと変わりません」

「そんなくだらないことを先代からやっているのかい？」

「いいえ。先代が病気がちになってから、今のフィントン男爵が強引に決めたことです。もちろんランスロット様は止めましたが、フィントン男爵が押し切ったのです。これがプレゼントをもらう最良の方法だそうです。切磋琢磨し、プレゼント選びを競い合えとおっしゃいました」

切磋琢磨し、プレゼント選びを競い合え？

フィントン男爵自身が切磋琢磨し、もっとまともな人間になるべきだよ。

わたしはポールスランド伯爵領に戻るとすぐに時計屋を呼び、からくり時計に仕掛けを作らせた。そこに大きなネズミを五匹ほど入り込ませるスペースを造り、決まった時間になると扉が開くようにしたのだ。

ネズミは菌を持ち込み不潔で病気を感染させる原因にもなるので、パーティに姿を現したら大きな醜聞になるだろう。

少しやりすぎかなと危惧はしていたけれど、後日カバデール準男爵からの話を聞いてそうでもないなと思い直した。フィントン男爵は招待客の一人であまり裕福ではない男のプレゼントを目の前で割ったという。それはありふれた薔薇の茶器セットで、確かに高価ではないが、その者にとっては精一杯頑張った品物だったそうだ。それを招待客全員の前で嘲笑い投げ割るとは悪質だ。

「わたしはそれを目の当たりにし、フィントン男爵に天罰が下ればいいと思いました。するとタイミング良くその瞬間に、あのからくり時計が突然軽快な音楽を奏で出し、からくり扉からネズミが五匹チョロチョロと飛び出してきたのです。招待客はすぐさまそこを逃げ出したので被害はありませんし、ネズミ達もすぐにパーティホールの掃き出し窓から庭園に逃げていきましたよ。パーティは台なしになりましたが、招待客のほとんどはネズミのお蔭で早く帰れたと喜んでいました」

カバデール準男爵は見たままの報告をわたしにしてくれたが、招待客達は面白おかしく周りに話を広めたらしい。

しばらくするとフィントン男爵家には数千のドブネズミが住み着いているという噂が流れたからだ。たくさんのネズミの集団がパーティホールの食べ物を食い荒らし、当主達一族を追いかけて、池に落ちる者やテーブルに乗り上げて助けを求める者もいたという話になっていた。

元から評判の良くないフィントン男爵家なので、貴族達の間ではそれを信じ込む者も多く、お茶会での鉄板ネタになっていった。

そのため、フィントン男爵家の者達をお茶会や夜会に招待する貴族達はかなり減ったという。

これに懲りて分家を集めてプレゼントを持ってこさせる悪趣味なパーティがなくなればいいと願うばかりだ。

「ウォルフェンデン侯爵領は楽しかったかい？」

数日間、ウォルフェンデン侯爵邸を訪問していた母上達が帰ってきた際に、わたしはグレイスとエリザベッタに尋ねた。

「えぇ。グレイスお姉様とひまわり迷路で遊んだわ。あそこはいくつになっても楽しいわね？　お兄様もまた一緒にひまわり迷路で遊びましょう。今度はひまわりのタネを乗せたラファッシニのクッキーを持っていかなくちゃね」

「え？　ラファッシニのクッキーにひまわりのタネが乗るのかい？」

「もちろんですわ。でも、それを交渉するのはお兄様ですよ。グレイスお姉様が、ひまわりのタネを食用化したいというお兄様のお考えをお祖父様に伝えたのです。ラファッシニのお菓子に使ってもらうという案を出したのはグレイスお姉様ですわ」

とても良いアイディアだと思った。

人気の菓子店がひまわりのタネを使えばその店のファンは物珍しさに必ず買い、ひまわりのタネはおやつの定番に仲間入りだ。早速ラファッシニの王都にいるオーナーに手紙を書こう。王都とポールスランド伯爵領のラファッシニで、ひまわりのタネを使ったお菓子を並べてもらえれば、一気にひまわりのタネの認知度が上がる。

「ありがとう！　グレイスの案はとても素晴らしいと思うよ。ところで……髪型を変えたのだね？　顔の印象もかなり違うよ」

「はい、ウォルフェンデン侯爵家の侍女のキティとアメリアのお蔭です。私の名前はグレイス・アーネット子爵令嬢になるそうです。なので、エリザベッタちゃんは私をグレイスお姉様と呼んでくださって……亡くなったジョアンちゃんも含めたら、私に二人も妹ができたのですよ。本当にありがたくて嬉しいです」

「そうか、アーネット子爵家の養女になるのだね。グレイス・アーネット、とても良い名前だと思う。あちらは子爵家といえどもとても裕福な貴族で、二人とも心根が優しい子煩悩な方達だったからこの先も安心だと思うよ」

「はい。コンスタンティン様にはとても感謝しています。ポールスランド伯爵家に連れてきてくださったので、今の私があるのですから」

「いいや、グレイスはここに来る運命だったのだよ。ところで、ひまわりのタネを使ったラファッシニのお菓子はどんなものが良いだろうね？　良い案を考え出せたら、こちらからも提案しよう」

「はい！　ひまわりのタネをトッピングしたクッキーを割ると、中からひまわりにちなんだ神話や元気がもらえる温かい言葉を書いた小さなメッセージカードが出てくるのも楽しいかもしれませんね。女の子が好む恋占いみたいなものを入れてもいいし……」

「それは面白い。そのようなクッキーは見たことがないね。きっと珍しくて楽しいクッキーは大人気になるだろう。問題はどのようにクッキーの中に入れるかだね」

「薄めの焼きたてのクッキーなら柔らかいので、文字を書いた耐油紙を挟み込めそうな気がします。もちろん何度も試作していかなくてはならないと思いますが」

「そうだね。何度も試作していけばきっと成功するよ。失敗を重ねて皆、成功を勝ち取るのだから。グレイスはアイディアの宝庫だね。とても素晴らしい」

「ありがとうございます！　そうおっしゃっていただけて嬉しいです」

わたしに褒められて、うっすらと頬を染めたグレイスはとても綺麗だった。

以前までは褒められると困ったような顔をしていたが、今では自信を持ってゆったりと微笑みながらお礼を言える。

これほど素直でまっすぐな性質を持ち、発想も豊かで謙虚で優しい女性はきっとほかにはいない。

グレイスを守り支えてあげたい、どんどんそんな思いが強くなっていった。

「コンスタンティン様。それより私からウォルフェンデン侯爵様に、ひまわりのタネのことを申し上げてよろしかったでしょうか？　どのようなことも可能にしてしまいそうなコンスタンティン様だから、ラファッシニでひまわりのタネを使ってもらうと当たり前のように考えてしまいました。ラファッシニが引き受けてくださるとは限らないのに」

正面からわたしを見つめる瞳は色こそありふれた淡いブラウンだけれど、その目には知性が宿り、誰よりも輝いていた。

グレイスをここに連れてきたのは偶然だったけれど、段々とわたしの中では必然となっていく。

「えぇっと、なんでもできるわけじゃないよ。わたしは魔法使いではないからね。でも……常にグレイスの期待に応えられる男でいたいな」

どのようなことも可能にしてしまいそうな、か。

そのように信じてくれる女性がそばにいれば、男は皆頑張れると思う。

もちろん、このわたしも例外ではない。それ以来、ポールスランド伯爵邸にいるとグレイスの姿を無意識に探す癖ができたのは秘密だ。

その数日後にお祖父様から相談したいことがあると手紙をもらい、すぐさまウォルフェンデン侯爵領に向かった。

「グレイスの養子縁組の件なのだが、戸籍を偽造して別の人間に仕立てあげることも考えた。だが、正式な書類を揃えてアーネット子爵夫妻の実子扱いの養女にした方が良いだろう。王家に余計な詮索をされずに済み、将来的には得な選択肢だと思う、難しいと思うか？」

お祖父様の言葉が意図する意味は、特別養子縁組の承諾書にフラメル夫妻のサインをさせることができるか、とすぐさま理解した。

「でしたらお祖父様。恐れ多いことですが、ちょっと変装をしていただけませんか？」

わたしはちょっとした悪戯を考えていた。

「なに？　変装？」

「できるだけ下品な成金のお爺さんになっていただけないでしょうか？　醜ければ醜いほどよいですね。あとはお金を用意してください。それほど多くなくてもいいのですよ。しみったれた成金の人物像でお願いします」

「は？　儂《わし》とはまるで反対の人物ではないか。そんなものになれるわけがあるまい」

わたしの顔を見つめながらお祖父様は呆れて顔をしかめた。

「大丈夫ですよ。このところお祖父様は領地からお出かけになりませんね？　ぜひ一緒にフィントン男爵領に遠出をしましょう」

わたしはメイドに車椅子を準備させ、お祖父様をそこに座らせた。

足には包帯が巻かれ、すっかり怪我人の状態だ。さらにハゲたカツラをかぶせ、鼻に赤い顔料を塗る。

「この化粧はなんのつもりだい？」

「赤らんだ鼻に吹き出物がいっぱいできたお爺さんになっていただきます。素のお祖父様のままでは威厳と品格がありすぎてすぐに貴族とバレますよ。フラメル家の者が喜びません」

「喜ぶ？　儂《わし》はあやつらを喜ばせたいのではないぞ？　反省をしてもらいたいのだよ」

「もちろんですとも」

新しい悪戯を思いついた子供のように笑うわたしに、お祖父様も少しばかり楽しくなってきたようだった。

「お祖父様、ちょっとそれはやりすぎではないですか？」

「ん？　演じる人物は成金のしみったれたお爺さんで、醜ければ醜いほど良いと言ったではないか？」

お祖父様の格好は成金お爺さんというよりピエロのようだ。

悪乗りして前歯に黒の植物性色素を塗っているから、虫歯だらけの赤鼻で吹き出物がいっぱいあるお爺さんになっているし、着ているドレスシャツは金色の光沢のある素材で、襟にはスパンコールまでついていた。

「そんな派手な服をよくお持ちでしたね？」

「若い頃に音楽に嵌まってなぁ。学園祭でこれを着て歌った時の、女子達のキャーキャーとうるさかったこと。コンスタンティンにも見せたかった。もちろん亡くなったカイラ（ウォルフェンデン侯爵夫人）一筋だったからほかの令嬢には見向きもせんかったが、あの頃が懐かしい」

「わたしはまだ生まれていませんからね。その素晴らしいステージを見ることができなくて残念ですよ」

若い頃のお祖父様は確かに女性に相当人気があっただろう。肖像画でもその凛々しい姿が残っているし、お年を召した今でも風格のある格好のいいお祖父様なのだから。

しかし今の変装した姿は滑稽で趣味の悪い成金お爺さんにしか見えなかった。

「フラメル家に乗り込むにはこの格好で決まりですね。では出発しましょう！」

「うむ。わくわくしてきたぞ！」

ウォルフェンデン侯爵領からフィントン男爵領のフラメル家まで、馬車の移動で二日ほどはかかる。途中で宿に泊まるなどしてお祖父様の負担にならないように三日かけて向かった。

悪乗りしたお祖父様はあの格好でずっと移動しようとしていたので必死で止める。変装したお祖父様を快く泊めてくれる高級宿屋はまずないと思ったからだ。

侯爵領を出て三日後、無事フラメル家に着いた。

車椅子のお祖父様とグレイのカツラを目深にかぶったわたしは、胡散臭そうな眼差しでフラメル家のメイドに迎えられる。メイドに金をちらつかせ主人に取り次ぐように言うと、すぐさま居間に案内された。

主人が主人なら使用人も使用人だな。金のことしか考えていない。客が来たのならまずは主人にどうするべきかお伺いをたてるべきだし、案内する場所は居間ではなく来客用応接間だろう？

「旦那様。お客様をご案内しました。大事なお話があるそうです」

居間にはグレイスの両親と、グレイスとは似ても似つかぬツインテール頭の少女が寛いだ様子でおり、急な来客に驚き慌てる様子がおかしかった。

「どっ、どのような用件でここに来たのだ？　あらかじめ先触れもせずに来るとは無礼だろう？」

「先触れ？　フラメル家は平民だと思ったが、貴族なのかね？」

お祖父様はその格好でも声は以前と変わらず品格があり、高位貴族独特の上流階級のアクセントだったけれど、フラメル家の者達には身分を見破る力はなかった。

「そうだとも！　フィントン男爵家とはもうすぐ縁続きになるのだから、私達はもはや貴族と言っても良いのだ。娘のベリンダはフィントン男爵家のデリク様と婚約しているのだぞ！」

まさか相手が侯爵とは知らないフラメル氏は、お祖父様とわたしを明らかに下に見て乱暴な口の利き方をしてきた。なにもかも想定内だった。

「なるほど。だが、それだと貴族ではなくて男爵家の姻戚になるだけだな。ところで、グレイスという女性はこちらの娘さんかね？」

「グレイスは娘だった、という方が正しいですね。あの子は家出をして帰ってきません。とんでもない性悪で私達に迷惑ばかりかけていましたのでね」

「ほぉ、ならばもう娘ではないと言うのかね？　だったら儂《わし》の娘に迎えたい。養子縁組の書類は持ってきた。サインをしてもらえるかね？」

打ち合わせ通りにお祖父様が養子縁組の書類を居間のテーブルの上に置いた。

「えぇ！　養女ですって？　グレイスお姉様はあなたの娘になるのですか？　失礼ですがお金をずいぶんお持ちのようだわ。グレイスお姉様は贅沢のできるお嬢様として迎えられるのですか？」

ベリンダの浅ましい思いが透けて見えた。こいつは自分より幸せになる姉が許せないのだ。

「まさか、養女とは名ばかりですよ。この通り足も不自由で介護がなければ用も足せない。グレイスにはそばにいてずっと儂《わし》の世話をしてもらいたいのだ」

お祖父様は虫歯だらけに見える歯をわざと見せ、下卑た笑いを浮かべた。

途端に嬉しそうな表情を浮かべるベリンダと、苦笑をするフラメル夫妻。

この計画の成功を願いながらも、わたしは相反する矛盾した思いを抱えていた。少しでもグレイスの心配をしてこの話を受けることを迷ってほしいと、グレイスの両親に望んだのだ。

でなければグレイスがあまりに可哀想すぎるじゃないか。しかし……

「そちら様はお金がずいぶんおありのようですね？　メイドとして働かせるならお給金が発生するはずですわ。そのお金は当然親である私達がいただきます。なのでお金をいただければサインをしますわよ」

「おぉ、確かにそうだ。私達にお金を払っていただきましょう。そうしていただければ家出をしたグレイスなど、喜んでさしあげます」

ある意味、フラメル夫妻は決してわたしの期待を裏切らなかった。

グレイスを連れてこなくて本当に良かった。

娘の心配すらせず、平気で金に換えようとする両親の姿は見せたくない。

「では、二十万ダラでどうかね？」

お祖父様は打ち合わせ通りにわざと低い金額を提示した。もちろんこれでフラメル夫妻が納得する等とは思っていない。

「たったの二十万ダラですと？　しみったれているにも程がありますよ！　グレイスを一生メイドとして働かせるのでしょう？　だったら、その十倍はいただかないと納得はできません」

やはり、そうきたか。

初めに低い額を言ったのも値段をあまり膨らませないようにだ。最初から妥当な金額を提示したとしても、このようにがめつい者達は変わらず値段をつり上げてくるはず。

「儂《わし》は余計な金は使わない主義だ。五倍の百万ダラで精一杯だな。言い忘れておったが、通常の養女にしてもこちらの娘であることに変わりはない。儂《わし》の大事な貴重品を壊したら弁償してもらいたい。儂《わし》の屋敷の調度品や骨董品は八百万ダラを下らないのでな」

ここで爆弾を投下した。

こちらの備品を壊した場合に、親であるフラメル夫妻の損害賠償に応じる義務を話題にしたのだ。

「えっ！　それは困ります。養女でも確か二種類あったはずです。フラメル家としては実親との縁を切る特別養子縁組でお願いしたい。調度品や骨董品の弁償金なんて請求されても困ります」

フラメル氏が自ら特別養子縁組の話を切り出してくれた。普通、養子縁組では実親との親子関係は存続するが、特別養子縁組では実親との親子関係はきれいさっぱり消滅する。

「お姉様は一生、このお爺さんの世話係として暮らすのね。まぁ、お気の毒ではありますけれど、妥当な人生だと思います」

「あんたはグレイスが嫌いなようだね？」

「ええ、あんなつまらないお姉様など欲しくなかったです。全然可愛くないし、お友達に見られるのすら恥ずかしかったもの。お姉様なら当然私のように可愛いくなくてはいけないはずでしょう？」

「なるほどね。この家には鏡がないようだ。さて話が決まったらさっさとサインをしてもらおう。スタン（コンスタンティン）、こちらに百万ダラを払いなさい」

お祖父様もすっかり呆れてしまい、これ以上はフラメル家の者と話そうとしなかった。

わたしは百万ダラをわざとそのままむき出しでテーブルに置いた。

フラメル氏はうっすらと笑みを浮かべながら、唾を手につけ札束を数え始めた。

娘を売る真似をしながら笑っているとは……本当に軽蔑すべき人間だ。

「グレイスが骨董品や調度品を壊しても、これで赤の他人になったのですから、私達は一ダラだって弁償しませんからね」

フラメル夫妻は何度もグレイスと親子の縁を切ることを強調しながら書類にサインをした。

それこそこちらの望むところだというのに。

＊＊＊

ある日、わたしがグレイスとエリザベッタを連れて出かけ戻ると、フィントン男爵家の馬車が停まっていた。ランスロットとなにやら話をしていたが、中には入れてもらえず帰ろうとしていたようだった。

タイミングの悪い時に帰ってきてしまったな、と思った。エリザベッタ達を先に降ろし、わたしはデリクが帰ってから降りようと馬車内から様子を窺《うかが》った。

ちょうど午後の強い陽射しが眩しくてカーテンを引いていたので、こちらにわたしがいるとは相手は気づいていない。

「こっ、こんにちは。俺はデリク・フィントンで男爵家の嫡男です。貴女達のお兄様とは友人なのに、ランスロットに取り次いでもらえなかった。せっかくポールスランド伯爵家まで来たのだから、お茶ぐらい飲ませてくれてもいいでしょう？　ポールスランド伯爵家ってずいぶんケチで威張っているのだね？」

「フィントン男爵家？　男爵家の方が伯爵家を批判するとは身の程知らずですのね。グレイスお姉様、こんな方は無視して行きましょう」

まさかエリザベッタ達にいきなり話しかけるとは思わなかった。

慌てて馬車から降りてデリクの失礼な言動を止めようとしたが、ますます図に乗ってあり得ないことをしゃべり出すデリクは、わたしが馬車から降りて近づいていることにまったく気がつかなかった。

「そこの君、俺に一目惚れしても残念、すでに俺にはベリンダという婚約者がいるのですよ。でも、……そうだな。貴女のような美人な令嬢のためなら、婚約破棄しても良いかもしれないです」

デリクがポールスランド伯爵邸の前にいることに、グレイスは驚き呆れデリクを凝視していた。

それをデリクは自分に見惚れていると勘違いしたらしい。流石はリネータ嬢の弟で自信過剰が激しすぎる。

「おい、なんとか言えよ！」

デリクがグレイスに詰め寄った。

「あぁ、なんだか今日はこのあたりにおかしな虫がいる気がするわぁー。そぉれぇー、バケツの水でもかけたら虫もいなくなるでしょう」

わたしがデリクにつかみかかろうと歩みを早めた瞬間、玄関のちょうど真上にある小窓から母上が掃除用のバケツの水を思いっきり下にぶちまけた。

グレイスもエリザベッタもわたしも汚水がかからないように計算された絶妙のコントロールだった。流石は母上だと感心したが、デリクは怒りに唾を飛ばしながら母上に暴言を吐いた。

「こっ、このメイドめ！　俺はフィントン男爵家の嫡男だぞ！　今すぐここに来て謝れよ。膝をついて頭を垂れろ！　メイドがこんなことを貴族にしていいと思っているのか？　牢屋に閉じ込めるぞ」

あれがわたしの母上とはわからず牢屋に閉じ込めるだと？

ドレスをよく見ろよ、メイド服など着ていないじゃないか。

デリクはろくに人を見もせず、決めつける性格のようだ。

「君はなにをそんなに騒いでいるのだ？　ポールスランド伯爵家の玄関口で迷惑な人だな」

「これはコンスタンティン様、いつからここに？」

「最初から見ていたよ。あの馬車には妹達と乗ってきたからね。まさか君が妹達に話しかけるとは思わなかったし、さきほどの暴言をわたしの母上に言うとは到底許せないね」

「あら、コンスタンティン、お帰りなさい。早く入っていらっしゃい」

母上はにこやかにわたしに声をかけた。

「はい。ただいま、戻りました。ラファッシニにひまわりのタネを使ったお菓子の件でいろいろ提案してきましたよ。グレイスのクッキーの中に恋占いや心温まるメッセージを入れる案が採用されて、その上にはひまわりのタネをトッピングすることになりました。ついでにお菓子も買ってきたのでお茶にしましょう。その前にちょっとやることがあります」

わたしはデリクに思いっきり拳をお見舞いした。

「なにをするのですか！　酷いです。気でも狂ったのですか？」

「酷いのは君だろう？　あの女性を牢屋に閉じ込めるぞと言ったよね？　あの方はわたしの母上のポールスランド伯爵夫人だ。君が寝ぼけているようなので目を覚まさせてやっただけだよ」

「え？　まさか……」

デリクが小窓を見上げると母上がにこやかに手を振った。

「あら、まぁ。見事にバケツの水がかかってしまいましたね。汚水がデリク様に引き寄せられたかのようですわ。こんな偶然ってなかなかございませんわねぇ」

明らかにわざとデリクに汚水をかけた母上の言い回しがおかしくて、わたしもグレイス達も必死で笑いをかみ殺していた。

デリクは頬を押さえながら、仏頂面で馬車に駆け寄りその場を去っていった。

グレイスを殴った仇はとってやったぞ。

ベリンダの日常

ある日、婚約者のデリク様のお姉様がフラメル家にいらっしゃった。

日頃からリネータ様とは仲良くさせていただいているので、来客用応接間ではなく居間で気兼ねなくおしゃべりをした。

「聞いてよ、ベリンダちゃん。実はね、私の婚約が決まったの」

ストロベリーブロンドの艶やかな髪が陽光に照らされてキラキラと光る。

私のピンクの髪とちょっと似ているけれど、より華やかで憧れちゃう。

リネータ様はオレンジ色の瞳でバストも大きく、とても色香のある女性だ。

私のできそこないのグレイスお姉様とは雲泥の差だった。

グレイスお姉様は枯れ葉色の髪にありふれたブラウンの瞳だった。それに全然愛らしさがなかったし陰気で、姉妹だとはとても思えない容姿だったわ。

あっは！　グレイスお姉様の顔すら忘れてきちゃった。存在感が薄かったものね。

「おめでとうございます！　リネータお姉様のことですから、きっと素敵な男性を射止めたのでしょう？」

「そうなのよぉー。よくわかっているじゃないの。最高の男性よ。容姿端麗で頭脳明晰、二つの爵位を継ぐ方で王太子殿下の親友なのよ」

「え！　それはすごいです。さすがリネータお姉様ですね。そんなに素敵な方なら、私もお会いしてみたいです」

「もちろん結婚式には招待するわよ。私達はこれから義理の姉妹になるのだもの。デリクもね、将来的には陞爵《しょうしゃく》すると思うわ。なんと言っても、私の婚約者は次期宰相になることが約束されている方なのよ」

「デリク様が宰相様の義理の弟になるわけですね？　確かにそうなればフィントン男爵家も子爵ぐらいにはしてくださるかもしれないですね」

リネータお姉様のお相手はウォルフェンデン侯爵とポールスランド伯爵の両家を継ぐ方らしい。さらに宰相の地位を約束されている立場ともなれば、リネータ様がお産みになる子がご息女であれば、王家から望まれ王太子妃になる可能性もあるという。

つまりリネータお姉様は王太子の義理の母になるかもしれなくて、孫が男の子だったら将来の国王陛下のお祖母様になるのよ。

「そうなってもベリンダちゃんのことは、大事な義理の妹として大切にしてあげるわね」

「本当ですか？　絶対ですよ。私、リネータお姉様がずっと本当のお姉様だったら良かったのに、と思っていました。だって、私はリネータお姉様をとても尊敬していますから」

「あら、可愛いことを言ってくれるのね。私もベリンダちゃんが本当の妹のような気がしていたの。私達って似ていると思わない？　お互いとても恵まれた容姿で、最高に優れた男性に好かれるわ」

「はい、おっしゃる通りですわ」

「ふふふ、明日はフラメル夫妻も一緒に連れてフィントン男爵家に来てちょうだい。婚約の前祝いパーティを開くつもりなのよ」

「パーティですか？　素敵！　あぁ、でも着ていくドレスがないかもしれません」

「あら、ドレスならいくらでもあげるわよ。私はこれからたくさん新調するつもりだから。将来のウォルフェンデン侯爵夫人には流行を先取りしたドレスがふさわしいと思うの」

「えぇ、まったくその通りですね！」

「うふふ」

「あはは」

二人で笑い合っていたところにお母様やお父様も加わり、また同じ話が何度もフラメル家の居間で繰り返された。私の両親もすっかり気持ちが高揚している。

「まぁまぁ、なんということでしょう！　グレイスが出ていってから良いこと続きなのですよ。あの子はきっと疫病神だったのかもしれません。それに比べて、リネータ様は幸福をもたらす女神様ですね！　なんてありがたいことでしょう」

お母様は拝むようにリネータ様に何度もペコペコと頭を下げた。

私ももちろん一緒にお礼の言葉を口にする。

「そうとも。事業も以前より順調で取引先が少し増えました。これもフィントン男爵家の資金援助のお蔭です」

「私達はもう家族ですわ。あなた達もいずれ叙爵されるかもしれないわよ」

「ひゃぁー。本当ですか？　準男爵家ぐらいにはなれるでしょうか？　あぁ、嬉しい」

「そうね。コンスタンティン様に頼んであげるわ」

「ははーっ」

私達三人はリネータお姉様に跪いた。

リネータお姉様に一生付いていくわ！

四人で手を取り合いながら笑って抱き合う。

あぁ、リネータお姉様の妹になれて本当に良かった！

グレイスお姉様が出ていってくれて感謝よ！


後日、婚約前祝いパーティにはリネータお姉様からいただいたドレスをまとい、とびっきりお洒落をして行ったのに、突然姿を現した大きなネズミで台なしになった。

私はお母様と庭園に逃げ出したけれど、あんまり慌てて走ったので何回も転んで膝をすりむいたし、お母様は足をくじいた。お父様はパーティホールで、たまたまネズミの尻尾を踏んでしまい足をかじられた。

やがて、フィントン男爵家にはネズミが数千匹住んでいるという噂が流れ始めた。

それ以来、学園でデリク様の婚約者である私をちやほやしたり、羨んだりする女子生徒はいなくなった。

第三章　学園の始まりと努力の結果

「レーア、お人形の作り方を教えてくださる？」

「お人形ですか？　どのような物がご希望でしょうか？」

「着せ替えができるお人形ができたらいいなと思ったの。ジョアンちゃんに見立てた人形に、私やエリザベッタちゃんとお揃いの服を着せたらどうかしら？　ヴェレリアお母様にも見せたらきっと喜ぶと思うのよ」

「まぁ、それは良いお考えですね。アーネット子爵夫人が贈ってくださった生地でお揃いのドレスも作るのですね？　早速奥様に相談してみましょう」

レーアと一緒にポールスランド伯爵夫人に人形の説明をした。

「三人姉妹のように皆でお揃いにしたいのね？　それは素敵ね。少し大きめの人形を人形職人に作らせましょう。エリザベッタやグレイスといつも一緒にいられるようにね。とても良いお考えだと思いますよ」

「できれば自分で作りたかったのですけれど、お人形作りは難しいですか？」

「着せ替えができるお人形を自分で作るのは難しいと思うわ。だってグレイスにはしなければならないことがたくさんありますからね。ピアノやヴァイオリンのレッスンに、これから通うポールスランド学園でのお勉強の予習もあります。ヴェレリアはジョアンに似たお人形作りに苦戦するグレイスよりも、毎日の生活を大事にしてお勉強を頑張っている姿を喜ぶはずよ」

「そうなのですか？　だったら私、頑張ります」

ポールスランド伯爵夫人はヴェレリアお母様から贈られた生地で、私達に合ったデザインのドレスを何着も注文なさった。人形に合うサイズのドレスを作らせるのも忘れない。

ポールスランド伯爵邸の隣の空き地に着々とアーネット子爵家の別荘が建てられていくなか、ジョアンちゃん人形も少しずつ完成していった。

初日の登校日。エリザベッタちゃんと徒歩で学園に向かう。

以前は付き添いだったけれど今回は学園に通う生徒だ。今日は侍女やメイドも伴わない二人だけの登校になった。もちろん少しだけ離れた位置でポールスランド伯爵家お抱えの護衛騎士が付いている。

「おはようございます！　エリザベッタ様。そちらの方はどなたですか？　今日は侍女の方達はいないのですね」

「おはよう。アンナさん。こちらは私の遠縁にあたるグレイス・アーネット子爵令嬢ですわ。これから毎日一緒に登校するので、侍女は置いてきました」

アンナさんと呼ばれた女の子がにこやかに私に挨拶をし、エリザベッタちゃんに親しげに話しかける。二人で並んで楽しげに話す様子に微笑ましい思いで一歩下がった。

仲良くおしゃべりをする二人の後ろで景色を楽しみながら歩いていると、しばらくして女の子がもう一人現れた。

「おはようございます。アンナさん、エリザベッタ様」

「ケリーさん、おはよー。休みの間はなにをしていたの？　宿題はやってきた？　聞いてよ。私ね、今朝はお姉様と喧嘩をしてしまったの。……そういえば算数の先生って厳しすぎない？　……」

アンナさんは新しく加わったケリーさんにしきりに話しかけ、エリザベッタちゃんの方は見向きもしない。

「おはよう、ケリーさん」

そう言ったエリザベッタちゃんの声がケリーさんに聞こえていたかも疑問だった。

前を歩く三人の微妙な空気に私も正直戸惑った。

真ん中がアンナさんでエリザベッタちゃんが右隣でケリーさんが左隣。アンナさんは左側のケリーさんに顔を向けっぱなしで話に夢中だ。

エリザベッタちゃんは自然と口数も少なくなり聞き役に回るけれど、アンナさんとケリーさんはエリザベッタちゃんがたまに打つあいづちにも気がつかないようで、エリザベッタちゃんに話しかけようとしなかった。

エリザベッタちゃんに二人が積極的に意地悪をするわけではないけれど、この状況は見ていて辛いわね。

私はエリザベッタちゃんの手をそっとつかみ後ろに下がらせた。

アンナさんとケリーさんが二人だけで話したいのならそうさせておけば良い。これが前にエリザベッタちゃんが侍女達に相談していた友人達なのかもしれない。

しばらくすると、アンナさんとケリーさんは後ろに下がり私と並んで歩いているエリザベッタちゃんに気がついた。

「なんで後ろに行っちゃったの？」

ケリーさんは小首を傾げる。

「私達三人で仲良しのはずでしょう？　一緒に並んで歩きましょうよ。これじゃぁ、私達がエリザベッタ様を仲間はずれにしているように見えるわよ。最近すぐにお一人で図書室に行ったり、ほかの子達のグループに入ったりしているけれど、とても寂しいわ。グレイス様、私達はとても仲良しなのですよ」

アンナさんはエリザベッタちゃんを責めるような口調で、涙を目に浮かべ私に媚びるような視線を向けた。

これがデリク様のような男性ならば、アンナさんは優しい子でエリザベッタちゃんは我が儘だと評価されるかもしれない。

でも、私は違う。

このような友人の中にいて感じる孤独は、私がフラメル家の家族に囲まれていても孤独だった時とちょっと似ている気がした。

家族なら自分から離れることは難しいけれど、こんな場合なら少し距離を置く選択をした方がずっと良い。その離れる選択をしたことを責める友人は迷惑なだけだ。

私はそっとエリザベッタちゃんの手を握った。

「勇気を出して言えば良いと思います。ポールスランド伯爵夫人がおっしゃったようにね」

「えぇ、グレイスお姉様。……アンナさんにケリーさん、もちろん私達は仲良しですわ。でも、アンナさんとケリーさんはとても気が合うようですし、楽しく二人でお話なさっている時に私がいたら気を遣うでしょう？　だからお互いが楽しくなれる時間に変えただけです」

「あら、それはダメです。だってアンナさんと二人だけだと、どちらか一人が学園を休んだ時に話す子がいなくなってしまうし、エリザベッタ様は伯爵令嬢ですから仲良くしたいのです」

「そうです。三人いたらなにかと心強いものなのです。私達は豪商の娘ですし、エリザベッタ様の友人としてふさわしいのですから」

二人の言葉は私の気持ちをとてももやもやさせた。

エリザベッタちゃんも微妙な表情を浮かべている。

「やぁ、わたしの妹エリザベッタと仲良くしてくれてありがとう！　でもね、エリザベッタは君達のキープじゃないのだよ？」

いつのまにかコンスタンティン様が後ろにいて、私とエリザベッタちゃんの肩に手を置いていた。

「え？　コンスタンティン様？」

ケリーさんが頬を染めながら、熱っぽい視線をコンスタンティン様に向けた。

「きゃぁーー、コンスタンティン様！　おはようございます。私達はエリザベッタ様と親友で、学園内でもいつも一緒にいるのですよ」

アンナさんも大きな瞳を潤ませて上目遣いにコンスタンティン様を見上げ、ひときわ甲高い声を出した。その仕草がベリンダにそっくりで私は思わず顔をしかめた。

「そうそう、私達はとても気が合うのです。お休み時間も一緒におしゃべりをするし、音楽や美術などで教室の移動をする際でも、私達三人はいつも一緒なのです！　今度ポールスランド伯爵邸に遊びに行かせていただけませんか？　一度行ってみたいと思っていたのです」

「あぁ、私もそう思っていました。エリザベッタ様はなかなか誘ってくださらないので、寂しく思っていたところです」

私はこの二人の図々しさに呆れてしまい、小さなため息をついた。

この子達からはエリザベッタちゃんを心から大切な友人だと思っているという、優しく温かい気持ちは感じられなかった。

「さきほどからの会話はずっと聞いていたよ。三人で並んでいる時の様子も見ていたけれど、とても親友という雰囲気はなかったな。君達は伯爵令嬢より偉いのかい？　豪商だと自分で言っていたが、どれだけの財があろうともポールスランド伯爵家には敵わないはずだ。学園内は身分や財力など関係なく平等な者として学ぶ場ではあるけれど、なにをしても許されるわけではない」

コンスタンティン様が私の思っている以上のことをおっしゃってくださり、胸のもやもやがスッキリした。

「私達はそんなつもりはありません」

「じゃぁ、どんなつもりなのかな？　君達の都合になぜ伯爵令嬢であるエリザベッタが合わせなければならない？　わたしの妹であるエリザベッタは、自分の好きなように行動する権利がある。君達の束縛は迷惑だし、許可などもいらないのだよ」

「私達は仲良しのエリザベッタ様がたまにいなくなるのが悲しいだけなのです。三人で楽しく話しているといつのまにか図書室に行ったり、ほかのグループに参加したり、さきほどのように後ろを歩いたり。せっかく三人で仲良しなのに」

「三人で楽しく話せているようには見えなかったけどね。君達二人だけが楽しそうだったよ。エリザベッタは誰とでも仲良くなる権利があるし、図書室に行くのも自由だよ。エリザベッタに文句を言うのはお門違いだ。君達の性根が変わらない限り、ポールスランド伯爵邸に招くことは一生ないだろう」

二人はコンスタンティン様に取り入ることが無理だと悟り、気まずい顔で私達から離れていった。

「エリザベッタ。あんな子達は友人ではないよ。ただの知り合いだ。だから気にしなくて良い。なにか一つでもあの子達が嫌がらせを仕掛けてくるようだったら、貴族と平民の違いをわたしがわからせてあげよう」

「お兄様。子供の喧嘩に大人が出てきちゃダメです。大人げないと噂になりますよ。お兄様が悪く言われるのは嫌です」

「大人げないと誰に言われようとも、これからもエリザベッタやグレイスの喧嘩には口を出すさ。わたしにとっては風評よりも家族の幸せが大事だからね」

エリザベッタちゃんと私は顔を見合わせて笑った。

コンスタンティン様の兄としてのエリザベッタちゃんへの愛情を感じたし、そこに私までが含まれているのが嬉しかった。

「お兄様、大好きよ」

エリザベッタちゃんはコンスタンティン様の手をぎゅっと握りしめ、もう片方の手で私の手を握った。

「このように素敵で仲の良い家族と一緒にいられて私は幸せです」

私も温かい気持ちに包まれて笑みがこぼれた。

「一緒にいるだけじゃないよ。グレイスも家族の一員だからね。ポールスランド伯爵家は、すでにアーネット子爵夫妻も加わった大家族になっていると思うし、その中にはもちろん亡くなったジョアンもいるのさ」

「すごく嬉しいです。ありがとうございます。ジョアンちゃんもきっと喜んでいますね」

私はすぐさまお礼を言った。

嬉しい時に素直にお礼を言うことにずいぶん慣れてきたと思う。

教室に入ると待っていた教師に背中を押され、教壇の前に促された。

エリザベッタちゃんを一年生の教室に送った後に、私は八年生の教室でクラスメイトに挨拶をした。

「皆様、今日から一緒にポールスランド学園で、お勉強することになったグレイス・アーネット子爵令嬢です。ポールスランド伯爵家の親戚にあたる方で、今はポールスランド伯爵邸にお住まいになっています。では、グレイス様にご挨拶していただきましょう。グレイス様、よろしくお願いします」

担任教師のレミントン・ティンカー先生はかなりふくよかな体型でメガネをかけている女性だ。声が小さくオドオドしていた。

「皆様、初めまして。私はグレイス・アーネットと申しまして、アーネット子爵家の長女です。今日からこのポールスランド学園に通うことになりました。皆様とは仲良くさせていただき、勉学に励みたいと思います。どうぞ、よろしくお願いしますね」

「アーネット子爵令嬢がなぜポールスランド学園に来たのかしら？　アーネット子爵領にも学園は

あるはずなのにね」

「あのまっすぐで艶々な髪を見てよ。綺麗なミルクティー色だわ。さすが貴族ね。肌も雪のように白いし、どんな化粧品を使っているのかしら？」

「あのワンピース、絶対高級アーネット製のコットン生地よね？」

「アーネット子爵ってすごい大金持ち貴族の一人だろ。織物事業で大成功している貴族だよな」

遠慮のない生徒達の会話が教室内でかわされた。

私は一番前の席に座り授業が始まるとそれに集中する。

休み時間になると、たくさんの女の子達が話しかけてきて、いろいろな質問をされた。

「その髪はやはり特別なヘアオイルを塗っていらっしゃるのですか？」

「アーネット子爵領にも学園はあるでしょうに、なぜこちらの学園にいらっしゃったのですか？」

「肌のお手入れはどのようになさっているのですか？」

矢継ぎ早にクラスメイト達から尋ねられたけれど、それに答える前に一人の女性が私の目の前に立った。キャラメルブラウンの緩やかな巻き毛で、ちょっと意地悪そうな目つきが気になった。

「ちょっと皆様、邪魔ですわ。アーネット子爵令嬢の友人にふさわしいのはお父様が豪商の私だけです。初めまして！　私はジュエル・エイキンです。エイキン大商会の長女ですの」

朝の通学路で自分を豪商の娘だからエリザベッタちゃんの友人にふさわしい、と言ったアンナさんの言葉そっくりだ。

「もしかしてあなたにはアンナさんという一年生の妹さんがいらっしゃいますか？」

「えぇ！　よくわかりましたね。妹のアンナはエリザベッタ・ポールスランド伯爵令嬢の大親友ですわ。ですからその姉の私こそが、アーネット子爵令嬢の親友にふさわしいと思います」

ジュエルさんは勝ち誇ったような笑みを浮かべ、得意そうに周りの少女達を見回した。

「アンナさんはエリザベッタちゃんのたくさんいる友人の中のお一人だと思いますよ。私もジュエルさんとは友人になりたいですが、ほかの方とも仲良くしたいです」

「ほかの子達と仲良くする必要なんかありませんわ。私といつも一緒に行動すれば良いのです。お休み時間は一緒におしゃべりするし、ランチも一緒に食堂に行って同じメニューを食べましょう。親友はそういうものでしょう？」

一日中ジュエルさんとばかり一緒にはいられない。

私は勉強をするために学園に来ているのだもの。たくさんの方と知り合いになり、仲良くなることも勉強の一つだわ。

「わかりました。今日は一緒に食べますが、屋上や庭園の木陰でお弁当を持参して一人で食べることもあるかもしれませんし、ほかの生徒達と食べることもあるでしょう。お休み時間だっていろいろな子とおしゃべりします」

「あら、一人で食べるなんて恥ずかしいことですよ。それにお休み時間に、ほかのグループの子と仲良くするなんて裏切り行為です。しまいにはどこのグループにも入れてもらえなくて、授業でグループを作らなくてはいけない時に、一人ぼっちになるかもしれませんね」

「授業でグループを作る？」

「体操の時間には二人組や三人組になって準備体操をしますし、六人でグループを作って球技をすることもあります。理科の時間では班ごとで実験をしますし、決まった仲良しグループに所属していないと、孤立しますよ。それに今日は学期初めですから席替えがあります。班長に選ばれないとすごく惨めなのに、おわかりになっていないのね？」

知らなかった。そんなにグループに所属しないと困ることがあるなんて……しかも班を作るには成績順に班長を五人選び、その子が好きな子を指名していくという。

五人選ばれた班長達は一段高い教壇にあがり、好きな子を順番に指名していく。五人の班長の中にはジュエルさんもいた。ジュエルさんはほかの四人の班長達をそそのかして、私を選ばせないようにコソコソと指示を出していた。

レミントン先生は青い顔をしてオロオロしているが、ジュエルさんに注意しなかった。

「あら、残り者達の一人になってしまいましたわね？　お可哀想に！　お気の毒だから私が班に入れてさしあげますわ。だから、『私達親友になりましょう』と誘った時に頷けば良かったのに」

私は選ばれなかった最後の五人の中の一人になった。

ジュエルさんが高笑いをする声がクラス中に響き渡る。

「私を選んでくださらなくても結構です。このようなやり方で班を決めるなんて間違っています。

そこで困ったような表情を浮かべていらっしゃるだけのレミントン先生は、最後まで選ばれずに残された生徒の気持ちを考えたことがありますか？」

「わ、私はこれが一番生徒達の共感が得られると思ってしているだけです。誰だって仲の良い友人達と机を並べて学びたいでしょう？　ですから班の構成員も気の合う子同士で編成させています。班長達は成績も良く面倒見もとてもいい子達なので、班員を引っ張ってリーダーシップを発揮してくれるのですよ」

「なるほど、選ばれなかった子達の気持ちはどうでも良いのですね。よくわかりました。でしたら、この選ばれなかった子達で、私に班を構成させていただけませんか？　ちょうど五人です。クラスには三十人いるのですから、今回は五人グループを作成したことにしてくださいませ。成績順で班長が決まるというのなら、私はそちらにいる五人達に負けない成績を必ずこれからとります」

ポールスランド伯爵家の方々やヴェレリアお母様達にいただいた多くの愛情に報いたい。

だから私はこの学園でトップを狙うつもりよ。

絶対に誰にも負けるつもりはないわ。

「え？　えぇっと、そうですわね。もちろん、グレイス様がそうおっしゃるのなら特別にそのようにしましょう。次の試験はちょうど三か月後です。そこでこのクラスで五位以内に入るということでお願いします」

レミントン先生はジュエルさんと私の顔を交互に見ながら弱々しい声でそうおっしゃった。私とジュエルさんの両方に気を遣っていることが察せられたけれど、困惑した顔付きからはどちらの味方にもなりたくないという本音が透けて見えた。

「ありがとうございます。私は必ず五位以内に入るように努力します。私の申し出を認めてくださって感謝いたします」

「グレイス様、そのような大見得を切って大丈夫なのですか？　これで成績が私達より遙かに下だったらアーネット子爵令嬢としてのお立場がなくなるのではありませんか？　素直に私の班に入って仲良くなりましょうよ。今なら許してさしあげますわ」

小馬鹿にしたような態度のジュエルさんに、私は背筋を伸ばしながらまっすぐにその目を見返した。

「許す？　私がジュエルさんから許していただくような悪いことをいつしましたか？　おっしゃっている意味がわかりません」

ジュエルさんと喧嘩をしたいわけではないのに、なぜこのように口論になってしまうのかしら？　どうしてジュエルさんは私を支配しようとするの？

「あ、あのぉ、このことはポールスランド伯爵家の方々やアーネット子爵家の方々にはお話されるのでしょうか？」

レミントン先生が私に聞いてきたけれど、なぜそのような質問をされるのかもよくわからない。

「もちろんお話しますわ。ポールスランド伯爵夫人はとても私を可愛がってくださるし、ヴェレリアお母様も私のことはなんでも知っておきたいとおっしゃいますもの。コンスタンティン様も、どんな小さなことも報告するようにとおっしゃいました」

「こう申し上げてはなんなのですが、離れてお暮らしになっているご両親に無用な心配をおかけするのはよくないのではありませんか？　ましてや、ポールスランド伯爵閣下のお耳に入れるべきことではないと思います。ここは平民の子供達が通う学園であり、独自のルールがすでにできあがっています」

「レミントン先生はいったいなにがおっしゃりたいのですか？」

「アーネット子爵夫妻やポールスランド伯爵家の方々には、学園での出来事について相談しない方が賢明だと申し上げているのです。あの方達はただでさえお忙しいのですから、くだらないことで煩わせてはいけません」

「報告はしますが、この問題でヴェレリアお母様達に助けていただこうとは思っていません。この学園独自のルールがあるというのなら、その中で私は必ず結果を出していきます」

私が周りの大人達に相談することにより、レミントン先生は自分が困った立場に追い込まれることを心配しているのだと気づいた。

自分が間違っていないと思うなら、もっと堂々としていれば良いのに。

私は残り者と言われたほかの四人に声をかけ、教室の隅に机を移動し始めた。フラメル家ではたった一人で家族の理不尽な仕打ちと戦っていたから、このようなことがあってもたいしたショックは受けなかった。

ここでは仲間が四人もいるし、お屋敷に帰ればポールスランド伯爵家の方々の温かい笑顔が待っている。ヴェレリアお母様は頻繁に手紙をくださるし、専属侍女達もとても良くしてくれる。だから登校初日からこんなことになっても、私の心は少しも折れない。

「四人の皆様、これから仲良くしてくださいね。まずは自己紹介から始めませんこと？」

私は声を弾ませてにっこりと笑いかけたのだった。

「私はエレノーラ・キーウデンです。運動音痴で球技ではいつも皆に迷惑をかけてしまいます。本の虫ってからかわれるぐらい本が大好きで他国の文化にも興味がありますが、人と会話をするのが苦手なので皆からはあまり好かれていません。お父様はキーウデン書店を経営しています」

エレノーラさんはおっとりとした雰囲気の女の子で、確かに身体を動かすのは苦手そうだ。でも、本が大好きで異国の文化にとても興味があるなんて素敵なことよ。

「私はマリエル・バターズです。ジュエルとは従姉妹です。バターズ商会の長女で、うちはミルクやバター、チーズやヨーグルトなどを広く製造販売している商会ですわ。昔からジュエルは伯父様達にわからないように、私に意地悪してきたから彼女の横暴には慣れています。私のお父様はジュエルのお父様の弟なのです」

「僕はケンドリック・ビストランドです。かけっこが苦手でいつもビリになっています。だから皆からはバカにされて班に入れてもらえません。でも、ドレスのデザインを母と考えるのは大好きです。ビストランド裁縫店の長男です」

「僕はイーサン・ブリュウノーです。ブリュウノー病院の次男です。父や兄のように僕も医者になりたいと思っていますが、いつもあの五人の班長達と僅差の成績で負けるので悔しく思っています」

話してみると四人とも、なぜ残り者になるのかがわからないほど良い子達だった。

「グレイス様ももうおわかりかと存じますが、ジュエルがこのクラスの女ボスです。彼女に嫌われるとほかの班長達も距離を置きます。だから、残り者になるのはジュエルさんに嫌われている子ばかり。私は従姉妹のジュエルをちやほやしないし、イーサンはジュエルを振ったからこうなっています」

マリエルさんが苦笑しながらそう説明してくれた。

「イーサン君はジュエルさんを振ったの？」

「学園祭で一緒に催し物をやろうと言われて、ほかにしたいことがあったので断っただけですよ」

イーサン君も苦笑いをしながら肩をすくめた。

「ジュエルさんは自分の意見が通らないと気が済まない人です。レミントン先生も絶対注意なさらないから」

エレノーラさんはジュエルさんがレミントン先生のお気に入りだと教えてくれた。

ポールスランド学園におけるこのクラスを、今まで支配していたのはジュエル・エイキンさんで、私は貴族令嬢とはいうもののここでは新参者だ。

ここに私と彼女との闘いの火蓋が切られたのだった。


体育の授業では班ごとにチームを組まされた。

球技の試合が始まり、相手チームはエレノーラさんばかりを狙ってボールを打ち込んできた。

卑怯者ね。球技が苦手な子を集中的にターゲットにするなんて。そのようなこと、私がさせないわ。

私はエレノーラさんの前に立って、飛んでくるボールと奮闘した。

毎日フィントン男爵領からポールスランド伯爵領の商店街までお買い物に行っていた、私の体力と精神力を舐めてはいけない。こんなボール遊びなんて私には容易かった。

重いお買い物籠を両手に持って、毎日往復三時間以上かけて歩いてきたのよ。

私を生粋の貴族のお嬢様だと思っているとしたら大間違いよ！

球技のルールは簡単だったし体力なら誰にも負けない。

飛んでくるボールをこれでもか、という勢いで返していった。

「貴族の令嬢がボールを怖がらないなんて嘘だわ。それになんて体力なの？」

ジュエルさんは呆気にとられた。

「球技って初めてしましたわ。とても楽しかったです。身体を動かすのって最高ですわね」

青ざめるジュエルさんに、私はいい汗をかいて爽やかに微笑みかけた。

ボール遊びってなかなか楽しいものなのね！

球技の次はリレー競争が始まった。これも班ごとにチームになって、順番に走りバトンを渡していく。ケンドリック君の番になると私達の班はビリになってしまう。

でも、ケンドリック君は必死で走ってくれている。誰にもバカになんてさせたくない！

アンカーは二周分走るルールで、走りに自信のある子達の見せ場になっていた。もちろん私がアンカーよ。一番ビリから一人、二人と抜かしていき、最後の二周目のゴール手前でジュエルさんを軽く追い抜いた。

ベリンダの機嫌を損ねないためにラファッシニのお菓子を抱えて、何度フィントン男爵領とポールスランド伯爵領を駆けてきたと思っているのよ。こんなかけっこなんて楽勝だわ！

「おかしいわよ！　貴族の令嬢がこれほど俊足だなんてあり得ないわ。いったいどのような育ち方をなさったの！」

「豪商のお嬢さんのように、甘やかされて育てられておりませんのでこうなりました。正々堂々と勝負したのに『おかしいわよ！』等とおっしゃることこそ、おかしいですよ」

正直に思ったことを言っただけなのに、ジュエルさんは顔を真っ赤にして怒った。

なんでかしら？

学園では科目ごとに教えてくださる先生が替わる。レミントン先生は音楽を専門としており、担任として生活指導と道徳教育も受け持っていた。

レミントン先生が道徳を教えるなんて……ゾッとする。

体育の授業の後は十五分の休み時間を挟んで算数の授業を受けた。私は元からお金の計算などが得意だったし、公式を覚えるのは苦ではない。答えは必ず一つと決まっているので単純だし、パズル遊びだと思えば愉快だった。

「この算式を解ける方はいますか？　なかなか難しいとは思いますが……」

答えられる者がいない前提で説明を始める先生に手を挙げて、黒板に書かれた問題をスラスラと解いていく。前日に、家庭教師の先生がちょうど教えてくださった問題に似ていたのだ。

「驚いたね。貴女は転校してきたばかりのグレイス・アーネット子爵令嬢でしょう？　アーネット子爵家はとても頭脳明晰なお子様に恵まれたのだね。素晴らしい！」

「えぇー、おかしいわよ！　貴族のご令嬢は算数なんて苦手なはずよ。だって優雅に踊ってお上品に微笑むのが貴族のご令嬢の仕事でしょう。算数が得意なのは商家出身の私達だけで充分よ」

ジュエルさんの貴族のご令嬢に対する偏見が酷い。貴族のご令嬢は運動も算数もできたらいけないみたいに聞こえる。

でもそれは間違った見解で、ちゃんと夫の領地経営や事業を支えている貴族のご夫人方は多い。ポールスランド伯爵夫人は経理に明るいし、ヴェレリアお母様も織物事業の経営に関わっていると聞いた。

領地を繁栄させ事業を発展させている貴族のご夫人方は、なにもできないお嬢様ではなく、なんでもできるお嬢様でなければ務まらない。

歴史の授業では先生が諸外国の歴史にも触れて、面白おかしく身振り手振りで説明してくださるので、楽しくて何度も質問してしまった。

「グレイス様の知識を求める探究心には恐れ入りました。もっといろいろご質問がおありでしたら、どうぞ休み時間や放課後に職員室にいらしてください。知識を得るのに、これほど熱心な生徒を見るのは久しぶりで、とても嬉しいですよ」

しまいには先生にそう言われて思わず顔を赤くした。

学園に通えて授業が受けられるだけでも嬉しくてわくわくしているのだから、私の表情は常に明るく微笑んでいた。

「グレイス様って変わった貴族のご令嬢よね。入学早々あのような目に遭ったというのに、なぜあんなに嬉しそうなのかしら？」

「普通だったら泣いてお屋敷に戻りそうなのにね。貴族のご令嬢って実はタフなのね」

「貴族のご令嬢はショックなことがあるとすぐに気絶するって思っていたのに、なんで倒れないのかな？　温室育ちの深窓のご令嬢じゃないのかよ？」

木に登るのだって大得意で家事もこなしていた私が、温室育ちだと思われていたことがおかしかった。クラスの皆は私が養女であると知らないから無理もないけれど、『深窓のご令嬢』という言葉とはまったく正反対な私なのだった。

放課後、校門の前にはちょっとした人だかりができていた。

コンスタンティン様が私を待っていたようで、女の子達の視線を一身に浴びている。ポールスランド伯爵家の跡継ぎが校門に立っているのだ。皆、深々と礼をしながら校門をくぐり抜けて帰っていく。

私の隣にはエレノーラさんとマリエルさんがいて、楽しくおしゃべりをしながら歩いていた。するとジュエルさんが急に近づいてきて、私にとても親しげに話しかけた。

「グレイス様、私達とても仲良くなれて嬉しかったですわ。また明日も一緒に楽しくおしゃべりしましょうね」

コンスタンティン様に聞こえるように大きな声でおっしゃって、まるで私達がとても親しいように振る舞い出した。

あまりのことに呆気にとられていると、コンスタンティン様も誤解してジュエルさんに声をかけた。

「グレイスと仲良くしてくれてありがとう。君の名前はなんというのかな？」

「ジュエル・エイキンですわ。アンナ・エイキンは私の妹で、エリザベッタ様の大親友です」

「アンナ・エイキン？　……あぁ、朝のあの子達か。で、グレイスは本当にこのお嬢さんと仲良くなったのかい？」

朝の出来事を思い出したのか、コンスタンティン様の顔が途端に曇り、ジュエルさんに疑いの眼差しを向けた。

私は首を横に振り、「仲良くなった、というよりはその逆だと思います」と呟いた。

ジュエルさんはいたたまれずに慌ててその場から逃げ出した。妹のアンナさんも図々しいところがあったから、とても似ている。


「グレイス、お帰りなさい。ポールスランド学園の初日は楽しく過ごせましたか？　お友達はできたかしら？」

ポールスランド伯爵邸の居間でポールスランド伯爵夫人に尋ねられて、私は班の編成時に班長から選ばれなかった最後の五人になったことをお話しした。

「班の編成をするのに、そのような方法を取っているなんて知らなかったよ。学園長からの報告はこまめに聞いていたが、ポールスランド伯爵家が関わるのはもっと大まかな手続きというか、流れについてだからね」

ポールスランド伯爵様が眉根に皺を寄せた。

「そうですよね。班の編成方法なんて生徒にとっては大事ですが、経営者側にとってはそこまで細かく知らされていないと思いました。些細なことですが、最後まで選ばれなかった子のストレスは小さくないでしょう。もっと公平な班の編成方法があると思います」

「ポールスランド伯爵家が一番気にかけているのは、主に学習指導要項や使う教科書の検討ですよ。偏りのある教育は子供のためになりませんからね。ほかには授業で使う楽器や画材を充実させたり、体育館や講堂などの設備を整えたり、学園の校舎や食堂なども清潔に保ち、定期的にメンテナンスをしています」

ポールスランド伯爵夫人はそう言いながらも、班の編成方法には首を捻っていらっしゃる。

「生徒に対する担任教師の接し方などというものは、ポールスランド伯爵家にはいちいち報告されないからね。教師の適性をチェックしないのは反省するべき点だよ。班長が好きな子を選ぶのか……ちょっと問題のある方法だとは思うなぁ。王都のマッキントッシュ学園では班の構成員を決めるのは、くじ引きだったよ」

コンスタンティン様は真剣な面持ちで考え込んでいた。

「なにが問題って、グレイスお姉様がアンナさんのお姉様に意地悪されたことよ。私のお姉様を虐めるなんて酷い！　学園の初日にこんな目に遭わせるなんて……グレイスお姉様が可哀想よ」

エリザベッタちゃんが私の代わりに涙ぐんでくれた。

こうして私の気持ちに寄り添って泣いてくれるエリザベッタちゃんはなんて優しくて可愛いの。

「エリザベッタちゃん。私はこんなことはなんとも思っていないですよ。フラメル家にいた頃を思えば、どうってことありません。それより、ポールスランド学園に通う私だからこそできることがあるかもしれないので、これからいろいろと頑張ってみようと思います」

「素晴らしいよ、グレイス。一日ごとに成長していくね。しかし……ジュエル・エイキンか。エイキン大商会は確かにポールスランド伯爵領でも一番大きい商会だけれど、そんな娘がいたんじゃその地位は長くは続かないだろう。そろそろ身の程を教えてあげようかな。そのレミントン先生というのも含めて……」

「お待ちください、コンスタンティン様。なにもなさらないでくださいね。ポールスランド伯爵家の権力に頼ったら、ジュエルさんと同じになってしまいます」

「わかったよ。売られた喧嘩を買ったのはグレイスだものね。それでこそ、母上が見込んだ女性だよ。さぁ、その班の子達を全員、ポールスランド伯爵家に早速招待しよう。試験に向けて今から毎日、少しずつ皆で勉強するのはどうだい？　ポールスランド伯爵家の図書室を利用するといい。グレイスが五位以内に入るのは保証するが、どうせなら皆でジュエルを見返してやるんだ」

「素敵ですね。私の班員がそれぞれに実力を発揮して、クラスメイトに尊敬される日がくればいいと思います」

そんなわけでポールスランド伯爵邸の図書室で、班員達はそれぞれの都合に合わせて放課後に時間を作り、集まって勉強するようになった。

五人揃う時もあれば、四人だったり三人だったりする時もある。

エレノーラさんは父親が経営するキーウデン書店でたまに本の整理の手伝いもあったし、ケンドリック君もお母様とドレスのデザインを考えたいと言う日もあったから、毎日ポールスランド伯爵家に来ることは難しかった。

それでも皆は暇を見つけては勉強に励んでいたようで、それぞれに得意科目の成績を伸ばしていた。

「エレノーラさんは語学と歴史のお勉強がかなり得意なんですね。やはり興味のある科目は伸びが早いです」

エレノーラさんは恥ずかしそうに微笑む。

「マリエルさんとイーサン君はグレイス様と同様に、全教科においてかなりの高得点を狙えるはずですよ」

二人は顔を見合わせて頷く。

「ケンドリック君はいつもドレスのデッサンをしているお蔭なのでしょうね、美的センスが素晴らしいですし、風景画や人物画も上手です。美術コンクールに、描きためていたという絵を数点出してみましょう」

それぞれがポールスランド伯爵家の家庭教師達に長所を褒められて、嬉しそうに笑みを浮かべた。褒められるとそれが励みになってますます頑張ることができて、私達は一層努力を積み重ねていった。

まずはケンドリック君が絵画で一番に結果を出した。ポールスランド伯爵領とウォルフェンデン侯爵領の二つの領地内で開かれた合同絵画コンクールに見事入賞したのだ。大人達も混ざって参加するコンクールなので、一気に学園内でも有名になった。

「いつもはかけっこでビリなケンドリックが絵では金賞だってさ」

「すごいじゃん。かけっこが一等よりだいぶ価値があるよ。だって高名な画伯になったら皆から尊敬されるし、貴族達から肖像画や壁画の依頼なんかもあって一躍有名人だよ」

「ケンドリック。君ってすごいんだね！」

今までケンドリック君を見下していた数人の男の子達が褒めてくる。

このように素直にすごいと評価してくれるクラスメイトもいれば、不満そうにケンドリック君を睨み付ける者達もいた。それはジュエルさんを中心とした班長達だったけれど、そんなものは無視して良いと私は思う。

人の成功を祝ってあげられない人は心が貧しい人だもの。結局は可哀想な人達なのよ。

ケンドリック君が自信に満ちた表情になってきた頃、エレノーラさんにも変化が現れた。

「私、球技が苦手で諦めていたけれど、三回に一回ぐらいはボールをレシーブできるようになりたいです」

エレノーラさんは私に心境の変化を語ってくれた。

苦手なことでもなんとかできるようになりたい――その思いを私は応援したい。放課後に体育館を借りて、班員達で練習しようという話になり、職員室にいる体育のサディアス先生に相談することにした。

「サディアス先生、エレノーラさんがレシーブの練習をしたいそうなのです。体育館をお借りして放課後に私の班が練習する許可をください」

「えっ？　そっ、それはいけません。不公平になります。そのようなお願いは許されません！　サディアス先生もそのようなことの許可はなさらないでくださいね」

担任のレミントン先生が隣の席から口を挟んだ。

サディアス先生の隣がレミントン先生の席だったなんて。加えて彼女がまさかこのようなことを言ってくるとは思わなかった。

「なぜ、レミントン先生が口を挟むのですか？　私達は体育の先生にお願いに来ているのですよ」

「ほかの生徒達は皆、体育の時間だけしか練習するチャンスがありません。それなのにグレイスさんの班だけ体育館を貸し切り、練習できるようになるなんて不公平だと思いませんか？」

「貸し切るつもりはありません。ただ隅の方で少しばかり練習させていただきたいのです。体育の先生に個別授業を頼んでいるわけでもないので、不公平ではありません」

「ほかの生徒さん達とのバランスもあります。ましてグレイス様は子爵令嬢です。特別扱いしているとほかの生徒達に思われたら、ますます学園にいづらくなりますよ」

レミントン先生は困ったような顔をしながらも、口調はどこか脅すようだった。

この先生は信用できない。

私は不信感をいっぱいにして、ポールスランド伯爵邸に帰った。

もやもやとやるせない思いが押し寄せて、とても一人では抱えきれない。

「ボールのパスやレシーブを練習したいだけなのに、体育館を放課後に使わせてもらえませんでした。貸し切るわけでもないのに……」

たまりかねた私は遂にポールスランド伯爵夫人に相談をした。

もちろん球技の練習をしたいだけで、ポールスランド伯爵家の権力でレミントン先生を叱ってもらいたいわけではない。

「学びたい生徒にはその機会を最大限与えるのがポールスランド学園の方針なのに、なぜそのようなことをそのレミントンという教師は言うのかしら？」

「不公平になるからだそうです。でも、今はレミントン先生をどうにかしてほしいわけではなく、ただ練習する場所が欲しいのです」

「あら、それなら簡単ですよ。ポールスランド伯爵家にはトレーニングルームがありますからね。旦那様とコンスタンティンが使用する施設なのですが、離れのゲストハウスの隣の建物です。筋肉を鍛える器具やらダンベルが置いてある鏡張りの部屋ですよ。学園の体育館ぐらいの広さはあります。そこを自由にお使いなさい」

「ありがとうございます！」

私達はそこでちょっとずつエレノーラさんにボールの扱いに慣れてもらった。ボールが怖いのはたまにしかそれに触れ合う機会がないからだ。練習を重ねればきっとボールなんて怖くなくなる。

ある日の体育の授業で、いつものようにボールがエレノーラさんを狙って飛んできた。私は彼女がとれそうなボールには手を出さずじっと見守る。

そして……初めてエレノーラさんはレシーブを成功させた。

「なんで、あのとろい子がレシーブなんてできたのよぉ？　おかしいじゃないの？」

ジュエルさんはまた『おかしい』を連発し、不服そうな声を漏らした。

「人間は日々成長し、進歩していくのです。『おかしい』と貶すのではなく『素晴らしい』と喜んであげるべきよ」

私は思ったことを口にしたけれどジュエルさんは鼻で笑った。

「きっとまぐれよ。次は絶対とれないわ」

最初はそのような意地悪を言っていたけれど、ほとんどのボールを難なく返していくエレノーラさんに、ジュエルさんは押し黙ってしまった。

文句を言う時だけ声が大きくて、すごいと思っても褒め言葉は出ないジュエルさんはやっぱり気の毒な人だ。

定期テスト当日の朝、私達はお互いに全力を尽くそうと励まし合った。

「あらまぁ、グレイス様。とても緊張なさっているようですね？　結果が出せなくても泣かないでくださいね。まるで私がアーネット子爵令嬢を虐めたみたいに見えますから。でも、あれだけ大口をたたいておいて、私達より成績が悪かったら土下座ぐらいはしていただけるのかしらぁー。おーっほほほ」

「ジュエルさん、おはようございます。別に緊張などしていませんわ。結果は今までの努力に必ずついてくるものですから、心配もしていませんしね。それより、とても張りのある笑い声が夜明け前に一番に鳴く雄鶏みたいですね。今日もお元気そうでなによりです」

いつもの高笑いを褒めただけなのに、ジュエルさんは「本当にむかつく貴族のご令嬢だわ！　どうせ私達の成績には負けるくせに」と言いながら自分の席に戻っていった。

私の班員の四人ともクスクスと笑っていたけれど、別におかしい会話をした覚えはない。

「素晴らしい反撃でしたわ。あの忌々しい高笑いを揶揄したのは最高でした」

「え？　揶揄した覚えはないわよ。あの笑い声は元気そうでいいじゃない」

上機嫌で言ってきたマリエルさんに私は首を傾げる。

「えぇ？　自覚がないのですね？　とても優秀でしっかりしていらっしゃるのに、グレイス様はいい意味で天然なのですわ。そんなグレイス様が大好きです」

マリエルさんとエレノーラさんが両側から私に抱きついてくる。

天然の意味がよくわからなかったけれど、二人が大好きだと言ってくれたから気にしないでおこう。

テストが配られて「始め」のかけ声とともに問題を解いていく。今までの勉強が実を結ぶ瞬間だ。どの問題もスラスラと解けて時間が余りすぎるほどだった。二回ほど見直して静かに目を閉じる。精一杯頑張ったという充実感で胸がいっぱいだった。

「グレイス様。どうでしたか？　私はまぁまぁできました。やはりポールスランド伯爵邸で一緒に勉強させていただいた成果が出せたと思います」

マリエルさんが嬉しそうに駆け寄ってきた。

エレノーラさんの顔も明るい。

「聞いてください、グレイス様。僕、初めてスラスラと問題を解けた気がします。わからないところも少ししかなかったし、ほとんどの問題が簡単に感じるなんて奇跡です」

ケンドリック君も良い手応えを感じたようだ。

「結果が楽しみですね」

イーサン君も余裕の笑みを浮かべていたので、私達は多分かなり良い成績がとれそうだ。

それに比べてジュエルさんは試験の教科が変わる度に顔色が悪くなり、ほかの班長達の表情も暗かった。下校時にもなにか言ってくるのかと思っていたのに、ジュエルさんは私に目も合わせずに、コソコソと横を足早に通り過ぎた。

「あら、朝の元気はどこにいってしまったのですか？　あぁ、わかりましたわ。きっと、試験で緊張しすぎてお腹をくだしたのでしょう？　レストルームに早く行った方が良いですわよ。お気の毒に」

私は心配になって声をかけた。緊張するとお腹が緩くなりレストルームに籠もってしまうと、ポールスランド伯爵邸のメイド達が話していたのを思い出したからだ。

試験は確かに緊張するものね。そんな場合にお腹が緩くなる体質はきっと大変でしょうね。本当にお気の毒だわ。

「グレイス様。今のも素晴らしい攻撃でしたわ。あ、念のために教えてさしあげますが、ジュエルのお腹は緊張ぐらいでは緩くならないと思います。彼女を幼い頃から知っていますが、お腹を壊したことなんて滅多になかったですよ」

マリエルさんに満面の笑みで褒められたけれど、今も攻撃したつもりはまったくなかった。

私はポールスランド伯爵邸に戻り、ポールスランド伯爵家の方々皆がいる居間でそのお話をした。

「グレイスは高位貴族の集う社交界でも充分やっていけそうね。そんなグレイスが頼もしいわ」

ポールスランド伯爵夫人が珍しくいつまでもお笑いになっていたけれど、私としてはなにも面白いことをしたつもりはなかった。

「コンスタンティン様、マリエルさんから言われたのですが、私は〝天然〟なのでしょうか？　直した方が良いですか？」

「いいや、グレイスはそのままが一番良いと思う。天然の意味はわからなくても、気にしなくていいからね」

コンスタンティン様がそうおっしゃるなら気にしないわ。

私はにっこりと頷いて香り高い紅茶を口に含んだのだった。


「グレイス様！　クラスだけでなく学年で一番ですわよ。全教科満点でトップです。本当に流石です！　私は五点差で三位でした」

マリエルさんが興奮した様子で私に報告してくれた。

定期テストの結果が廊下に張り出されたのだ。

「私達の班長ですから、絶対にトップになるって信じていました。ちなみに私は六位です。このように廊下に張り出されるなんて初めてです！」

エレノーラさんは私の一位は当然だと言い、自分の成績は信じられないと驚いていた。

「僕は二点差で二位です。これでも大満足ですけど、一緒に一位の欄に名前を並べたかったなぁ」

イーサン君は少しだけ悔しそうにしていたけれど、概ね満足だと言いながらにっこりと微笑んだ。

「僕はかけっこもずっとビリで、成績だって良くなかったから、今回の学年十位は夢みたいです。絵画コンクールで金賞までとって……一生分の運を使い果たしちゃったかもしれないなぁ」

ケンドリック君はペロッと舌を出しておどけたように笑った。

廊下に張り出された成績上位者の発表は、私達にとっては日頃の努力の結果が如実に出た、まさにご褒美でしかない結果だった。

「イーサン君とマリエルさん、二位三位おめでとう！　エレノーラさんも六位で素晴らしいわ。ケンドリック君も十位だなんてとても頑張ったのね。皆が誇らしくて自分のことのように嬉しいわ」

「はい。皆の足をひっぱりたくなくて頑張りました。僕はかけっこも速く走れないし、ドレスのデザインだけしかできないって思っていたから、いろいろな自信がついて人生観が変わりました」

「ドレスのデザインができるだけでも素晴らしいわよ。おまけに絵の才能もあって、今回の試験だって十位なのよ。ケンドリック君は才能豊かなすごい人だわ」

エレノーラさんに褒められたケンドリック君の顔は喜びで輝いている。

私達は心の底から笑い合い、お互いの頑張りを褒め合った。

＊　＊　＊

「ジュエルさんの名前がどこにもないですわ。やっぱりね。どうもおかしいと思ったのよ」

「やっぱりって、どういうことですか？　そういえばジュエルさんの取り巻きの方達の名前もどこにもないわね。いつもは皆、十番以内に入っていますのに」

「ジュエルさんはきっと不正をしていたのですわ。音楽室でレミントン先生に、問題が違うと責めていたのを聞いてしまったもの」

　ついこの間まで、ジュエルさんの取り巻きになりたがっていたロスリンさんが、大きな声でびっくりするようなことを話し始めた。

　彼女の話によれば、憧れのコンスタンティン様を廊下で見かけこっそり後をつけたら、ジュエルさんとレミントン先生の会話を偶然聞いてしまったらしい。

「ちょっと、いい加減なことをおっしゃらないでよ！　あの日は頭痛がして実力が出せなかっただけだわ。たまたまなのよ。人間だもの、不思議じゃないでしょう？」

「へぇー、頭痛ですか？　あの日は朝からグレイス様に喧嘩を売るほどお元気でしたよね？　あぁ、夕方はお腹を壊してトイレに直行したのでしたっけ？　あっはは」

　ジュエルさんはロスリンさんに早速反論し、なぜか口論のようになっているのを不思議な思いで見つめていた。

「ロスリンさんはジュエルさんを好きなのだと思っていました。いつも一緒にいたでしょう？」

　私は班員の四人に驚きの顔を向けた。仲良しだと思っていた二人がいきなり目の前で喧嘩を繰り広げているのに戸惑ってしまう。

「きっとジュエルさんと仲良くするとメリットがあったから近くにいただけですわ。ロスリンさんは損得に敏感ですから。ほら、仲良くしてもメリットがなかった私達には、朝の挨拶もしてこなかったでしょう？」

なるほど、マリエルさんにそう言われてみれば納得した。

残り物と言われていた私達が朝の挨拶をしても、ロスリンさんは聞こえないふりをしていたっけ。

ジュエルさんは上位者に入るどころか、低すぎる点数をとっていたことが答案を返していく先生達によって次々と暴露されてしまう。

「おいおい、今回の点数はどうしたのだ？　十点もとれない班長なんて信じられないよ。今までの点数はなんだったのだ？　奇跡だったのかい？」

算数のイアン先生はジュエルさんに答案用紙を手渡しながら呆れ顔だった。

「ジュエルさん、あなたは授業中にずっと寝ていたのですか？　六点しかとれなかった生徒はジュエルさんだけですよ。それで統括班長なのですか？　あり得ません。即刻、その座を降りなさい。恥ずかしい」

歴史のミニー先生は顔を真っ赤にして怒っていた。

統括班長とはクラスの班長達をまとめる役目を負う、クラスで最も優秀な生徒がなるものだったのだ。

「ジュエルさんと班長さん達。補習授業を受けてくださいね。まったくもって嘆かわしい点数です。平均点もとれない班長なんてこのクラスしかいませんよ」

理科のガストン先生は首を横に振りつつため息をついた。

「ジュエルさんは一年生からお勉強をし直した方が良いですわ。妹さんの教科書を使って語学の基礎を学んでくださいませね。公用語どころか母国語の綴りも怪しいなんてあり得ませんよ。今までの成績は幻だったのでしょうか？　どこかで頭でも打ったのですか？」

語学のオリーブ先生は真顔でジュエルさんを心配した。

ジュエルさん達が唯一満点近くとれた教科、それはレミントン先生担当の音楽だった。

その日の帰りのホームルームの時間、教壇に立っているレミントン先生の顔色が酷く悪い。

「グレイス様、班の編成をやり直しましょう。今回はグレイス様達が班長になって好きな子達を選んでください」

「え？　なぜ今更そのようなことをするのですか？　このままでよろしいでしょう？」

「いいえ、本来は六人編成の五グループですので、実力を証明できたグレイス様達が班長になって選び直してください。これだけ優秀な生徒を受け持つことができて、私も鼻高々ですわ」

怖いぐらいの笑顔で近づいてくるレミントン先生に思わず後ずさる。

私達は無理矢理班員を選ばされた。一人ずつ名前を呼びながら班に加えていくと、最後の五人に残ったのはジュエルさんを含む班長達だった。

「これで満足ですか？　私にすっかり勝った気分で得意に思っているのでしょう？　ですが、あの試験の日はたまたま体調が悪かったのよ。私達は試験中に激しい頭痛がして、問題に集中できなかっただけなのですわ。グレイス様達はたまたま、まぐれであのような成績だっただけですから、いい気にならないでくださいね」

ジュエルさんを含む五人の班長達が、全員同じ日に頭痛をおこすなんて奇跡のような偶然だわ！　世の中って信じられないことがあるものね。

そう思ってジュエルさんの話を聞いていた時だ。

コンスタンティン様が教室にいきなり入室なさった。

「失礼するよ。廊下で今までのやり取りを聞かせてもらったのだが、自分達の無様な点数はたまたまおきた頭痛のせいにして、グレイス達の素晴らしい点数はまぐれだったと言うのかい？　自分に都合の良いことばかりを言うのだね。ここに記録石がある。音楽室でのレミントン先生とジュエル嬢の会話は記録されているよ」

最近コンスタンティン様は学園にいらっしゃることがとても増えており、校内ですれ違うことも多い。

今回もたまたま廊下にいたのかしら？

コンスタンティン様が記録石を掲げると、映像とともにジュエルさんの声が再生された。

「レミントン先生が教えてくれた試験問題と全然違う問題がテストに出ているわ。おかしいでしょう？　なにやってんのよっ。先生の弟が取締役からはずされてもいいの？　これじゃぁ、グレイス様に負けてしまうわ。私の立場はどうなるのよ！」

「ご、ごめんなさい。こんなはずではなかったのに……おかしいわ。いつもと同じように試験問題を保管してある金庫の問題用紙を写して渡したのに……なんで音楽以外の教科の問題がすり替わっているのかしら？」

レミントン先生にジュエルさんが激しくなじっている映像と、オドオドしながら言い訳をするレミントン先生の姿が目の前に映し出された。

ジュエルさんもレミントン先生も弁解の余地がないほどの不正の証拠だ。

「わたしが学園長と各教科の教師に指示を出したのさ。調べたら、レミントン先生の弟と四人の班長達の親はエイキン大商会に勤務していることがわかったし、ジュエルはその商会長の愛娘だからね。なにか嫌な予感がしたのさ。だから、試験問題をあらかじめ二種類作ってもらい、本物の試験問題は各教科の先生に自宅で保管してもらった。金庫に保管してあったのは偽の試験問題だよ。試験は公正に行わなければ意味がないからね。そうしたら案の定、こんな結果になったというわけさ」

コンスタンティン様がその場を去ると、教室中でレミントン先生とジュエルさんを糾弾する声が溢れかえり、二人は頭を抱えてうずくまった。


その翌日は朝から、ポールスランド学園の講堂に全校生徒の保護者達が集められた。馬車が何台もポールスランド学園に横付けされ、その中にはポールスランド伯爵家とアーネット子爵家にエイキン大商会の馬車もあった。

私達生徒は皆自習になり、ジュエルさんは学校に来なかった。

ポールスランド学園の大掃除がこれから始まろうとしていた。

私達が後日聞いた話によれば、いつも私に突っかかってきていたジュエルさんは退学になり、母親と共にここから遠い土地に引っ越していったらしい。

ほかの四人の班長達はジュエルさんから試験問題をもらっていたと判明し、全て停学処分になったけれど、その期間が過ぎてもポールスランド学園に通うことはなかった。

私達は新しい先生のもとで新たに班長に任命され、その際に班員をどう選ぶかということでさまざまな意見が出された。私は従来の好きな子を班長が選んでいく方法ではなく、くじ引きで席を決めどの班になっても恨みっこなしという方法を提案した。

くじ引きでの班決めはつまらない、という意見を持つ生徒もいたけれど、好きな子とばかりいても私達の世界は広がらない。

気が合わないと思った子でも話してみると良い子だったり、その逆もあったりで、そこで人との付き合い方を覚えていくことが重要だと思う。

「グレイスの考えに賛成だな。学園は勉強を学びに行くだけでなく、集団生活を体験できる貴重な場所だよ。いろいろな考え方の人間がいて、その中で協調性を持ち賢く生きる術を練習することが大事なのさ」

いつものようにポールスランド伯爵家の居間でこの話をすると、コンスタンティン様は私に共感してくださったし、ほかの方々も同じような意見だったことにホッとした。

私達仲良し五人組はそれぞれが班長になってしまったから班単位で行う授業では別々になった。それでもお昼休みや放課後には当たり前のように集まっておしゃべりをして笑い合った。班長同士の仲が良くてお互い尊重し合っていると、班員同士も和やかな雰囲気で、クラス全体がいがみ合うこともなく一つになっている気がする。

「クラス編成で別々になっても、私達はずっと仲良しでいましょう」

「えぇ、もちろんよ。別々のクラスになっても一緒に遊びましょうね」

クラス編成前日の生徒達の会話はどれも同じだ。けれど、私達五人は誰からもそのような言葉は出なかった。お互いが当然にそのつもりだったからだ。

クラスが変わったら友人も入れ替わる子達は多い。前の友人達とはまったく話さなくなる子もいた。私はそれよりも友人の人数が増えていく方が楽しいと思う。

クラスが変わっただけで話さなくなるなんて寂しすぎる。前のクラスの友人に新しいクラスの友人を追加していって、皆で仲良くできたら一番良いのに。

「グレイス様、私達の生徒会長になってください。この学園をより良く変えてくださるのはグレイス様しかいないと思います。私達が支えますから立候補してください」

十五歳の春、仲良し五人組はバラバラのクラスに分かれてしまったけれど、定期的に集まっては交流を深めていた。

マリエルさんが言い出した提案にほかの三人も賛成した。

私は生徒会長に、イーサン君とマリエルさんは副会長に立候補したし、エレノーラさんは書記に、ケンドリック君は広報に立候補した。

この学園の副会長は男女一名ずつの二名がなるので、イーサン君とマリエルさんは二人で協力して私を支えると張り切っていた。

「今日は皆様に報告があります。実は私この度、ポールスランド学園の生徒会長に立候補しました」

学園で立候補を表明したその日、私はポールスランド伯爵邸の大食堂でディナーをいただきながら報告をした。

「うわぁー！　グレイスお姉様、かっこいい。絶対、グレイスお姉様ならなれるわ。だって私のクラスでもグレイスお姉様はすごい人気だもの。綺麗でお勉強ができて運動神経も抜群だって評判なんだからねっ」

エリザベッタちゃんが、拍手をしながら私を褒めた。

嬉しいけれど、かなり照れくさいわ。

その場にはポールスランド伯爵家の方々はもちろん、アーネット子爵夫妻もいらっしゃった。

ポールスランド伯爵邸の隣に建設中のアーネット子爵家別荘はまだ完成していなかったけれど、

定期的にヴェレリアお母様達は私の顔を見に来てくださる。

「まぁ、それはとても素晴らしいことね。きっとグレイスなら生徒会長になれますよ」

ポールスランド伯爵夫人がそうおっしゃると、ヴェレリアお母様もにこにこと頷いた。

「グレイスはとても行動力があるね。応援するよ」

コンスタンティン様は褒めてくださったし、ポールスランド伯爵もロナルドお父様もそれぞれ私を激励してくださった。

皆が私を信じて期待してくださるのはとてもありがたい。

生徒会の構成員は全校生徒の投票で決まるから、私達は毎朝校門に朝早くから立って全校生徒に投票を呼びかけた。

ポールスランド学園の改善点をたくさんあげて、できるかどうかもわからない目標を掲げて立候補する子が多かったけれど、私はできるかどうかわからないことは安易に言いたくはなかった。ただ自分にできることは一つでも多くやり遂げたい、そんな思いは口にした。

投票結果は私達の完全勝利だった。

伯爵家に帰って皆に報告する。

「生徒会長になるだなんて私も鼻が高いですよ。教師達も皆、グレイスが素晴らしく優秀だと褒めていました。貴女は私達の自慢よ」

「本当に頑張り屋さんなのね。でもね、自慢の娘だけれど頑張りすぎも心配だわ。私はね、グレイスちゃんの優しくてまっすぐな心が大好きなの。だから、それだけでグレイスちゃんには価値があるのよ」

ポールスランド伯爵夫人もヴェレリアお母様も心から私を愛してくださっているのが伝わる。特にヴェレリアお母様の言葉には心がぽかぽかと温かくなった。

たとえ私が優秀ではなく生徒会長になっていなかったとしても、今と変わらずに私を愛し大事に思ってくださるからだ。

このように直球の家族愛をもらえた私だからこそ頑張れるし、この世に生まれて本当に良かったと思えた。

生徒会長になってまず思いついたことはこの学園の制服を作ることだった。

ポールスランド学園にはお金持ちの子もそうでない子も在籍している。けれど、女の子の間では服装で張り合おうとする子が多くて、連日同じ服を着てくるとからかわれる子も少なくない。着飾れる子達がそうでない子をバカにする傾向が以前からとても気になっていた。

まずは生徒会執行部の中で制服化について議題にしてみたところ、マリエル生徒会副会長もエレノーラ書記長もすっかり乗り気で大賛成だと言った。

二人の真意はそれぞれ違っていたのも面白かった。

「可愛い制服を皆で着るのでしょう？　すごく楽しみですね。学園生としての連帯感も生まれるし、とても良いと思います」

マリエルさんはさりげないお洒落が好きなタイプだったので、落ち着いたデザインにちょっとしたアクセントがある制服が良いと、早速案を出していた。

そこには制服に対するわくわくした思いが感じられる。

「毎朝なにを着るかで悩みますからね。制服だとそれを着れば良いだけなのでありがたいです」

エレノーラ書記長はお洒落よりも一冊でも多く本を読みたいタイプなので、毎日着る物が決まっているのは楽だと笑った。

こちらは面倒な朝の行事が減るという思いで、ホッとしているのがわかる。

男性陣も制服には賛成で、早速ポールスランド伯爵邸に持ち帰り、この案をポールスランド邸の居間で報告した。

「私も以前は妹のお下がりばかりを着て恥ずかしい思いをした一人です。できればそのような心配のない方法を考えて、ポールスランド学園の制服化について検討していただきたいのです。生徒会執行部の皆もこれに賛成しています」

私は制服化にすることによるメリットをいくつもあげていく。華美すぎる服装をしてくる子がいなくなるし、毎日違った服を着て来られない子達は制服によって虐められることもなくなる。

コンスタンティン様は私の案に賛成してくださり、ポールスランド伯爵夫人は保護者会の際に、制服化の案を生徒会執行部が考えたことを発表してくださった。

毎朝服装に悩む子供達を見ないで済むことは保護者にとっては大きなメリットだったようだ。多くの賛同が得られ、制服化の話が具体的に進んでいった。

「制服のデザインは僕やお母様に考えさせてください。生地を仕入れるところからやらなければいけないけど……」

ケンドリック君が立候補してくれて助かった。元から彼にお願いするつもりだったから。

「生地ならヴェレリアお母様が寄付してくださるとおっしゃったから大丈夫よ。デザインはもちろんケンドリック君に考えてほしいわ。貴方の才能は誰もが認めているのよ」

ケンドリック君は広報としても大活躍していた。生徒会執行部の活動内容を報告する生徒会誌を定期的に発行するのだが、わかりやすいイラストを上手に描くなど、生徒会執行部の活動の様子を絵にしてアピールするのが得意だった。

もちろん服のデザイン画もプロのデザイナーのように上手だ。ケンドリック君は数種類の制服のデザイン案を考えてくれたので、それらを全て公表し、全校生徒にどの制服がいいかを投票してもらった。制服投票会は大いに盛り上がって、お金持ちの父兄からは寄付金が多額に集まり、制服はほとんど無料に近い形で全員に行き渡った。

女子の制服は白シャツとチェック柄のスカートで紺のブレザーとセットになっていた。胸元にはスカートと同じチェック柄のリボンをつける。

男子の制服は紺のブレザーとトラウザーズで、こちらは紺のネクタイだった。

女の子の制服の方が凝っていて、紺のブレザーの襟の縁取りもタータンチェックだ。これにはマリエル生徒会副会長が大喜びしていたことを付け加えたい。

「こういうさりげないお洒落が女子力の高さを感じさせるのですよ。うーん、素敵。ケンドリック君ってやっぱり天才ですね」

マリエル生徒会副会長は終始ご満悦で、ケンドリック君のスケッチ画を眺めていた。

男子はあまり目立ちたくない傾向があり、やはり女子は制服でも可愛くお洒落したいという思いが強いみたい。

「これで肩身の狭い思いをすることがなくなりました」

あまり豊かでない家の子達は私にかわるがわるお礼を言いに来たし、お金持ちの子達は着飾る場がなくなったと嘆いていたけれど、月に一回ほどケンドリック君が中心になってファッションショーを開催することで良いガス抜きになった。

それは学園がお休みの日に、希望者だけを集めて開催されるのだけれど、思いっきり着飾りたい女子生徒はそこで大いに盛り上がることができた。

やがて、放課後には同じ趣味を持つ者達が同好会を作って集うようになり、ポールスランド学園祭で披露するようになった。

歌うのが好きな生徒達はコンサートを開き、料理研究会は屋台を出し、刺繍愛好会やレース編み愛好会は大型の作品を展示する。

ポールスランド学園の評判はどんどんあがっていった。

「ますます良い学園になっていくわね。可愛い制服がほとんど無料で支給されるのだから、近隣の領地からも優秀な子達がポールスランド学園に通いたいって言っているそうよ。制服の威力は絶大ね」

マリエル生徒会副会長とエレノーラ書記長が私の腕をとってキャッキャとはしゃいだ。

私にとってみたら、制服がこれほど大きな効果を生むとは予想していなかった。ただ着られる服がなくて学園に来づらい子達を思って始めたことだったから。

「この制服はとっても女の子を可愛く見せるから、最近はとても男性からモテている気がするわ」

そんなことを言っている子達も多いらしい。

「なるほど、だからコンスタンティン様は私の制服姿をとても可愛い、と毎朝おっしゃるのね。この制服が可愛く見せているのよね、ふむふむ……ということは、コンスタンティン様は制服マニア？」

私はしきりに頷きながら独り言を呟いた。

「え？　それはちょっと違うと思うけれど……コンスタンティン様はグレイス様がお好きなのだと思います」

マリエル副会長がとんでもないことを言い出す。

「まさか、そのようなことは決してないわよ。だって、私とコンスタンティン様では身分が違いすぎるもの。コンスタンティン様は、侯爵家以上のご令嬢と結婚されると思うわ」

「そうですかねぇ。ポールスランド伯爵家は身分にとらわれない方達だと思いますから、子爵令嬢でもまったく問題ないと思いますけどね」

マリエル副会長がなおもそんなことを言うので呆れてしまう。

「コンスタンティン様は私を妹のように思ってくださっているだけだわ。それ以上の気持ちは決してないはずよ。優しすぎてマリエル生徒会副会長達の誤解を招いているだけなのよ」

「グレイス様はなんでもできて理解力も素晴らしいのに、こういうことには鈍感なのですね。やはりある意味『天然』なのでしょうか。僕はよくコンスタンティン様から怖い目で睨まれますよ。あの方は無意識かもしれませんが、多分グレイス様に馴れ馴れしくする男と思われているのか、イラッとされるのかもしれませんね」

イーサン副会長も頷きながらマリエル副会長と同意見だと言った。

コンスタンティン様が私を女性として見ていらっしゃるの？　まさかね……

それ以来どうにも意識してしまってコンスタンティン様が近づいてくると、ドキドキが止まらなくなった。

ある日、私は市井《しせい》でお買い物を楽しんでいた。学園が休みの日で、たくさんの店が並ぶ市場は新鮮な果実や肉や魚が豊富に並ぶ。ウォルフェンデン侯爵領で食べた生の魚料理をコックと作り、生徒会の皆に食べてもらいたくて一人で来た。

本当はエリザベッタちゃんも連れて生徒会執行部の皆とウォルフェンデン侯爵領に行き、あのひまわり迷路で遊びたかったけれど、今は生徒会の仕事で忙しすぎて、学園が休みであっても遠出はできなかった。

いつかあの四人と一緒にウォルフェンデン侯爵領に行きたいわ。学園を卒業してもずっと友人でいたい。

ひまわりのタネの食用化は大成功していて、ラファッシニはひまわりのタネを乗せた占いクッキーを売り出し、爆発的に売れていた。私の案が採用された形だ。海辺に新しく設けたウォルフェンデン侯爵領のひまわり迷路も完成し多くの観光客が訪れている。

私はいろいろなことが良い方向に進んでいっていると改めて実感でき、ウキウキしながら市場を見て回った。

魚屋では私よりかなり年下の少年が元気に声を張り上げて魚を売っていた。

「偉いのね、その歳で家のお手伝いをするなんてすごいわ」

私はお魚を物色しながら話しかけた。

「親父が病気で寝込んじゃって男手が俺だけなのです。妹達はポールスランド学園に通っているけど、俺は家の手伝いをしないといけなくなりました」

もう半年も学園には通えていないと寂しそうに笑う。

家の事情で学園に通えない子はきっと彼ばかりではないはずだ。

「俺は魚屋の息子だけど実は勉強も嫌いじゃなくて……本当は天文学者になりたいんです……でも学園にも通えていないから絶対無理ですけどね」

私もかつては人生を諦めていた時期があった。

妹ばかりが学園に行き、自分はメイドのような仕事をさせられ、なにも希望が持てなかった。

「コンスタンティン様、テキストよりもっと詳しい説明があって、難しい言葉や理解しづらい部分は注釈などもつけて易しく説明してくれる本が必要ですわ」

市場から戻った私は庭園のガゼボでお茶を飲んでいたコンスタンティン様に、まっさきに相談した。

「いったいなぜそう思ったんだい？　学園では教師達がわかりやすく説明しているはずだし、グレイスには専属家庭教師もいるだろう？」

「私の問題ではありません。ポールスランド伯爵領の市場で働く、ある少年の問題です。そしてこれは彼だけの問題ではないと思うのです」

私は彼の境遇をコンスタンティン様に説明した。

学園に通えない者でも独学で学べる本を事情があっても学びたい者達に貸し出すシステムを導入したらどうかと提案した。定期テストだけはポールスランド学園に来て受けて、卒業資格も通学生と同じくあげるべきだという意見も申し上げた。

「確かに家の事情で学園に通えない子はその少年だけではないと思うよ。テキストの補足をするような、より詳しい本を作成するということだね。それを学園に通えない者達に無料で貸し出す制度か。とても良いと思うよ。グレイスはポールスランド学園の生徒会長というより、領主目線で物事を見ているのだね」

「まさか。こんな私が領主様目線だなんてあり得ません。ただ勉強したくてもできない人達のチャンスを奪いたくないのです」

「わかるよ。グレイスは本当に賢くて素敵な女性だよね。ずっとわたしのそばにいてくれると嬉しい」

私の隣に座り、髪を撫でながらそうおっしゃったけれど、ちょっといくらなんでも距離が近すぎないだろうか？

「あ、あのー、私はもちろんコンスタンティン様のおそばでお仕えするつもりです。アーネット子爵家に実子として養女にはしていただきましたが、この国では女性は爵位を継げません。いずれアーネット子爵家はロナルドお父様の弟の子供が継ぐはずですし、私は職業婦人として生きていこうと思います」

「え？　そんなことにはならないと思うよ。確かにこの国では女性は爵位を継げないけれど、グレイスが男の子を産めばその子が継ぐことになると思う。アーネット子爵夫妻はグレイスを溺愛しているからね。君は働かなくても充分な遺産は譲り受けるだろう」

「遺産なんて要りません。私はポールスランド伯爵家の方々やヴェレリアお母様やロナルドお父様とずっと一緒に暮らしたいだけです」

「そうか。だったらその望みは叶うはずさ。母上も父上もアーネット子爵夫妻もお祖父様もグレイスを余所へは嫁がせないだろうからね」

「あぁ、やっぱりそうなのですね？　いずれは私を家政婦長《ハウスキーパー》にしてくださるのでしょう？　今はまだまだですが、お任せください。使用人達を上手にまとめて、必ずコンスタンティン様のお役に立ちますわ」

「えぇっ？　家政婦長《ハウスキーパー》になる？　確かにグレイスはリーダーになる素質は充分だし、使用人達からもとても慕われそうだけどね……家政婦長《ハウスキーパー》ねぇ」

「ですよね？　良かった、私が生徒会長になったのも、きっと家政婦長《ハウスキーパー》になるための布石だったのですわ」

「え？　そんなに家政婦長《ハウスキーパー》になりたいのかい？」

「はい！」

コンスタンティン様は若干引き気味に私を見つめていたけれど、やがてため息をついて向かい側のソファに座り直した。

「まぁ、学園卒業まではグレイスも自由にするといい。さきほどの教材の話は生徒会執行部で議論し合おう。もちろんわたしも参加するよ」

コンスタンティン様はそうおっしゃったけれど、さきほどよりはどこか元気がなかった。

翌日に早速生徒会のメンバーとコンスタンティン様も交えて、独学でも勉強できる本の作成の議論をした。

「そのような本を作ることには大賛成です。今までなかったことがおかしいぐらいです。家の事情で学園に休学届を出している子は何人も知っていますから」

マリエル副会長はすぐさま賛成してくれた。

「私のクラスにも病弱で学園に毎日通えない子がいます。真面目で成績も良いのに出席日数が足りなくて、このままの制度だと進級できなくなってしまいます。でもその制度ができれば彼女もちゃんとこの学園の卒業生になれますね」

エレノーラ書記長も大賛成だ。満場一致でこの制度を設けると正式に決定した。次に学園のテキストに沿った詳細な解説書を誰に作ってもらうかで議論がなされた。ポールスランド学園の先生達に依頼する案を出した人もいれば、王都にあるマッキントッシュ学園の有名な先生に依頼するという案も出た。

ちなみにマッキントッシュ学園の有名な先生方はコンスタンティン様から話をすれば引き受けてくださるという話だった。

「私は生徒目線からの解説書が良いと思います。私達生徒達が考え出したものを本としてまとめたらどうでしょうか？」

私の考えはこうだ。テキストを数ページずつ区切ってプリントにし、班ごとに担当させてテキストを読んだだけではわかりづらかったことを赤ペンで書き込んでもらい、それを提出してもらう。そのプリントを綴じたものが解説書になるというわけ。

皆で分担するから担当するページ数はそれほど多くないし、なにより教わった箇所を赤ペンで書き込んでいくので、生徒自身にとってもいい復習になると思った。

「それはとても良いアイディアだと思うわ」

「うん、賛成」

「皆が協力して学園に通えない子達にノートを見せるイメージですね。すごく良いと思います。通学生は生徒同士で助け合っているという一体感や充実感が得られますし、通えない子達にとっては通学生との繋がりが感じられて温かい気持ちになれますよね。どちらにとっても良い効果です。グレイス様はアイディアの宝庫をお持ちなのですね。素晴らしい才能です」

イーサン君はこちらが恥ずかしくなるほど褒めてくれた。

その後、なぜか少しだけ不機嫌そうなコンスタンティン様だったが、この案については大賛成してくださった。よく観察してみるとコンスタンティン様はイーサン君の発言の後は少しだけ機嫌が悪いみたい。

「イーサン君。コンスタンティン様と喧嘩でもしたの？」

「はい？　なぜそう思うのですか？　だいたい僕の身分でコンスタンティン様と喧嘩なんてできると思いますか？」

「確かにそうよね。ただなんとなくイーサン君の発言の後に決まって、コンスタンティン様が少しだけ不機嫌そうなお顔をなさるから。もちろん気のせいかもしれないけど」

「気のせいじゃないですよ。僕はコンスタンティン様からあまり好かれていませんからね。前にも言ったでしょう？　好きな女性のそばにいる男を気に入らないのは通常だと思うので、僕は気にしていませんけどね」

「好きな女性……違うわよ。コンスタンティン様はね、未来の家政婦長《ハウスキーパー》を守りたいだけなのよ。家政婦長《ハウスキーパー》ってだいたいその家にずっと仕えていて、独身を貫く女性も少なくないらしいからね。だから私に悪い虫がつかないように、と心配してくださっているのかもしれないわね」

イーサン君はかなり微妙な顔をして私を見ながら首を横に振っていた。

残念な人を見る目で見られた気がするのは気のせいだと思うけど……

解説書作りには生徒全員が班ごとに集まって、どうやったらわかりやすく説明できるかを話し合った。それを進めていくうちに、ポールスランド学園に通う生徒達の成績はどんどん伸びていった。わかりやすく解説書を作成するには自分が完璧に理解していなければできないから、とても良い復習作業になったらしい。

生徒達の成績も上がり、人助けもできて皆が幸せになるのは素晴らしい。

ある日、学園帰りに一人の花売り少女が私を目指してまっすぐ歩いてきて、花を買ってほしいとねだった。可愛い子だったが、その手を見れば荒れていて顔色も悪く、貧困層の子供だとひと目でわかった。

「抱えている花を全て買ってあげる」と言うと、その子は小瓶を私の顔の前で揺らした。数滴の綺麗な水が顔にかかる。

「綺麗なお姉さんに神の祝福がありますように」

可愛い声でそう言ってくれたから、思わず抱きしめてお礼を言う。祭司様しかしないことをこの幼い子供が見よう見まねでしていることに微笑ましい思いだった。

花束の代金よりも多めにお金を渡すと、何回もその子はお礼を言って頭を下げた。この可憐な花束は私のお部屋に飾ろう、そう思いながら家路を急いだ。

アーネット子爵家別荘が完成するとヴェレリアお母様は領地に戻らず、ほとんどの時間を別荘で過ごすようになり、私は自然とポールスランド伯爵邸より別荘にいることが増えた。

ロナルドお父様も領地経営や事業に支障をきたさない範囲で、なるべく多くの時間を一緒に過ごそうとしてくださり、私達は本当の親子のような時間をたくさん共有できた。

ある日のこと、アーネット子爵家別荘の居間で私とヴェレリアお母様にポールスランド伯爵夫人が、一緒にお茶を飲みながら寛いでいた。

「グレイスちゃんはなるべくポールスランド伯爵邸にいない方が良いと思うのよ。そろそろお年頃のあなたはどんと構えている必要があります」

ヴェレリアお母様は思いがけないことをおっしゃった。

「そうね、グレイスはアーネット子爵家別荘にお引っ越しをした方がいいわ」

ポールスランド伯爵夫人も同意見のようだった。

「お引っ越しですか？　わかりました。ですが、今まで通り頻繁にポールスランド伯爵邸に行かせていただいて良いのですよね？」

「いけません。しばらくはポールスランド伯爵邸には自分から訪問しないようにね。グレイスちゃんの幸せのためですよ」

ヴェレリアお母様はにこやかな笑顔で不思議なことを私に忠告なさった。

「ヴェレリアお母様のおっしゃっている意味がわかりません。なぜ、ポールスランド伯爵邸に以前のように気軽に行ってはいけないのですか？」

「ミツバチは甘い香りのする綺麗な花に寄ってくるもの。花自身がミツバチを追いかけてはダメなのですよ」

ポールスランド伯爵夫人とヴェレリアお母様が顔を見合わせて頷き合う。

わけのわからないたとえに私の頭は混乱したし、来客用応接間の前を通りかかったロナルドお父様は苦笑いをしていた。

それから次々と私の荷物がアーネット子爵家別荘に移され、年々増築され豪華になっていく別荘に、少しばかり不安と寂しさを感じた。

生徒会の仲間も頻繁に別荘を訪れるようになり、コンスタンティン様とはたまにしか会えない日々が続く。

コンスタンティン様に会いたいと思い出した頃に、白い薔薇の花束とラファッシニの特製お菓子を持って、コンスタンティン様が私に会いに来てくださった。

わざわざ来てくださったのが嬉しくて、いそいそとコンスタンティン様のそばに走り寄る。

「あ、コンスタンティン様。いらっしゃいませ！　今日はどうされたのですか？」

「どうもしないよ。グレイスがこちらにばかりいるから寂しくてね。君の顔を見たくて来たのだよ」

胸がキュンとして頬が熱を帯びた。マリエル副会長達との会話でコンスタンティン様を男性として意識するようになってからは感情のコントロールが上手くいかない。

コンスタンティン様は多分私のことを女性としては意識していないはずなのだけれど、こちらは男性として意識してしまっていた。

生徒会の行事にも積極的に関わるとおっしゃったのは嬉しいけれど、コンスタンティン様はポールスランド伯爵領とウォルフェンデン侯爵領の二つの領地経営の勉強もなさっている。まだ当主の地位は継いでいないけれど、次期当主として多くの学ぶべきことがあるはずなのに時間は取れるのだろうか。おまけに次の休みにはサーカスに行こうと誘ってくださった。目が回るほどお忙しい方のはずなのに。

「ヴェレリアお母様、コンスタンティン様はこれから二つの領地を治める方です。王太子様を支えるためにも多くのことを学んでいる最中だと聞きました。なのにポールスランド学園の生徒会にこれからも深く関わり、私をサーカスにも誘ってくださいます。お休みになる時間はあるのでしょうか？」

「ふふっ。良い傾向ですわ。いくら仕事ができても、そればっかりの男性では女性を幸せにできませんからね。楽しんでいらっしゃい」

満足げに頷くヴェレリアお母様に私は小首を傾げた。

コンスタンティン様は私の恩人だ。あの方の負担にはなりたくないし、困らせたくないのに……

サーカス見物の当日、コンスタンティン様がまた白い薔薇の花束を持ってきてくださった。花言葉をこっそり調べると『わたしはあなたにふさわしい』という意味が出てきた。

うーん。これはどういうつもりなのかしら？

私とコンスタンティン様では、いくらアーネット子爵令嬢になったとはいえ、身分が釣り合わないのだけれど。

私は平民のフラメル家出身で、ポールスランド伯爵家に拾われた立場だ。アーネット子爵令嬢になった今でも、ポールスランド伯爵家やウォルフェンデン侯爵家を継ぐコンスタンティン様とでは、天と地ほどの身分差がある。

そう言えばイーサン君も私にマーガレットの花束をくれた。あの花言葉は『秘めた愛』だった。

それを冗談に指摘したらイーサン君はあっさりと否定した。

「グレイス様が白い花を好きだと以前からお聞きしていましたので、庭にたくさん咲いていた花を持ってきただけですよ。特に深い意味はないです。花言葉を気にしない男性は多いですよ」

「そうなのですか？」

「僕の母は黄色いチューリップが好きなのですよ。ですから父は交際中もそれを贈っていたそうです。花言葉は『希望のない恋』とか『高慢』らしいですが、当人同士はまったく気にしていませんでした。母はチューリップの愛らしい形が好きで、明るい黄色の花を見ると元気が出ると言います。だから僕も花言葉は気にしたことがないですね」

なるほどね。そう言えば、私は以前に白い花が好きだとコンスタンティン様に申し上げたかもしれない。だとしたらコンスタンティン様もきっと花言葉など気にしていないわ。合点がいってホッとした。

私はいずれ家政婦長《ハウスキーパー》としてポールスランド伯爵家に一生お仕えしたいので、コンスタンティン様にいずれ婚約者ができた時に、その方に誤解されたくないと思っていた。

サーカスに向かう馬車の中でそこまでいろいろ考えていると、コンスタンティン様と目が合い、蕩けるような笑顔を見せられる。

まるで私に並々ならぬ好意を抱いているように見える。

この方に婚約者ができる、と具体的に想像してみた瞬間ずきんと胸が痛んだ。

なんだろう？　この痛みは？

私はポールスランド伯爵家とウォルフェンデン侯爵家の総括家政婦長《ハウスキーパー》を目指しているのに……

サーカスの会場は大きなドーム型テントで、たくさんの見物客で溢れかえっていた。まずはスパンコールのちりばめられたドレス姿の女性がステージに上がり美声を響かせ歌い出す。ミステリアスな曲調に合わせた歌で一気にテント内が別世界に変わった。

ここは現実の世界とは違う、夢の世界だ。

しなる長い棒を使った曲芸では、人の上に人が乗りさらにもう一人と、かなりの高さになったところでその棒に身体をダイブさせた。棒の上で身体を弾ませジャンプするのは高度な技術が不可欠だ。それをいとも簡単にしてしまう熟練の技に感嘆した。両端に火をつけた棒を縦横無尽に振り回す大男はそれが火だとは思えないほど雑に扱う。よく火傷しないものだわ。

「コンスタンティン様。私も特訓をすれば、あのように炎がついた棒を振り回しても火傷をしないようになれますでしょうか？」

「え？　うーん。グレイスは大抵なんでもできる子だとは思うけれど、流石に炎を振り回す訓練はしなくていいからね。グレイスはポールスランド伯爵領とウォルフェンデン侯爵領、それにアーネット子爵領の民の幸せや産業、農業の発展などいろいろ一緒に考えてほしいことがあるからね……炎の特訓はしなくていい」

コンスタンティン様はおかしそうに私の頭を撫でながら、「大事なグレイスが大怪我でもしたらわたしは生きていけないよ」とおっしゃった。

ここでも私の胸は高鳴る。

はぁー。私の心臓よ、落ち着いてちょうだい。私はコンスタンティン様のために多くの使用人達を束ねていかなければならないから、大怪我をしたら困るという意味なのよ。

「はい、確かにおっしゃる通りです。危険すぎますね」

私は無難な言葉で返答しておく。

「うん、わかってくれて嬉しいよ」

横に座っている私を見る際に、流し目になるコンスタンティン様の黄金の瞳が色っぽすぎてここでも心臓が跳ね上がった。

優雅な曲で演じられる空中ブランコでは、身体が宙に浮かぶ度に私の胸もドキドキした。落ちたら大変と思うと呼吸も乱れて自分が演技しているかのように手に汗を握る。

「大丈夫だよ。彼らは絶対落ちないから安心して。ほら、手を貸して。わたしが握っていてあげよう」

「え？　……あのぉ、はい。ありがとうございます？」

なぜここで手を握られたかはわからない。きっと私の緊張をほぐしてくださっただけよ。それよりこのようなことをされると余計ドキドキして心臓がもたない……

柔らかすぎる身体を持つ美女はあり得ない体勢で音楽に合わせて踊り、迫真の演技の合間に繰り広げられる道化に気持ちがほっこり和んだ。

隣にいるコンスタンティン様も楽しそうで一緒の時間をこれほど楽しく過ごせたことが嬉しい。

でも、この手はいつ離してくださるのかしら？

「今度は少し遠くの湖まで馬に乗って行かないかい？　湖のそばには花畑もあるし、ポールスランド伯爵邸の敷地にある人工湖とは違って、珍しい薬草もたくさん生えていたよ。行く時にはわたしの馬に乗せてあげようね」

「はい。実はヴェレリアお母様から馬術は学んでおりますから、一人でも乗ることができますわ。珍しい薬草があるのも興味深いですね」

ヴェレリアお母様はその昔、お転婆娘と呼ばれていて馬術に長けていた。とても活発で外交的な女性だったけれど、ジョアンちゃんを亡くし内向的で引き籠もりがちになったそうだ。

けれど、今では前よりずっとパワーアップしたと、ロナルドお父様も喜んでいた。

私とヴェレリアお母様は頻繁に乗馬やオペラに観劇も楽しむ仲良し母娘になっている。

サーカスからの帰路、馬車内でコンスタンティン様とたくさんのおしゃべりをした。このままずっとこの時間が続けば良いのに。

「これからもたくさんの場所にグレイスを連れていってあげるよ。わたしはグレイスにずっとそばにいてほしいと思っている」

一生懸命勉強して、必ずポールスランド伯爵家やウォルフェンデン侯爵家を管理する総括家政婦長《ハウスキーパー》になってみせるわ。そうしたらずっとコンスタンティン様のおそばにいられるし、ポールスランド伯爵夫人のもとにもいられるわ。ヴェレリアお母様とも離れなくて済む。家政婦長《ハウスキーパー》は女性使用人達の長となる立場で執事と同等の権限を持つ。教養がなくては務まらない職業だ。

「私はずっと総括家政婦長《ハウスキーパー》としてコンスタンティン様のおそばにいます！　私の居場所はそこしかないと思っていますから」

まっすぐコンスタンティン様の目を見て私は決意表明をさせていただいた。

「お帰りなさい、グレイス。サーカスは楽しかったですか？　今日のコンスタンティン様はグレイスをどのように楽しませてくださったのかしら？　さぁ、お母様にお話してちょうだい」

とてもわくわくした眼差しで、ヴェレリアお母様が私の頭を撫でながらにっこりと微笑んだ。

「私はコンスタンティン様といるだけで楽しいので、隣にいてくださるだけで特になにもしてくださらなくて良いのです。ですが、空中ブランコの際に私があまりはらはらしているので、手を握ってくださいました。お蔭でもっとドキドキして、空中ブランコに集中できなかったです」

「あらあら、まぁまぁ。若いって本当になんて可愛らしいのかしら。お母様もそんな時代がありましたよ。ロナルドと肩や手が触れ合うだけで嬉しかったわ」

ヴェレリアお母様が楽しげにお笑いになった。

それとこれとはまったく別だと思う。

ヴェレリアお母様とロナルドお父様は幼い頃から婚約なさっていたと聞いたもの。私とコンスタンティン様はこれから主従の関係になるのだからまったく違う。

まもなくして今度は乗馬のお誘いを正式に受けた。

私も一人で乗ることができるのに、自分の馬に乗せてくださるらしい。

「ヴェレリアお母様、私はとても上手に馬に乗れますし、専用の愛馬もおります。ヴェレリアお母様も大層褒めてくださったではありませんか？　なぜコンスタンティン様と相乗りしなければいけないのですか？」

「まぁ、グレイスちゃん。このような場合はね、いくら乗馬が得意でもコンスタンティン様の言う通りになさい。それが一番ですよ」

えっ？　なんで？

コンスタンティン様もヴェレリアお母様も謎なんですけど。

頭に大きな疑問符が浮かぶ。一人で乗れるのになぜコンスタンティン様に乗せていただくのかがわからない。

「湖でピクニックすると聞きましたよ。その日は朝早く起きて、お母様とサンドイッチを作り、果物やワインなども用意しましょうね。アーネット子爵家の馬車に積んで侍女達に持っていかせます」

「え？　そんなに大がかりにする必要があるのでしょうか？　コンスタンティン様は湖の周りのお花が綺麗だし、珍しい薬草もあるから一緒に行こう、とおっしゃっただけですよ」

「ふふっ。お母様には『湖を眺めながらお花畑でおしゃべりをして、グレイスの手料理が食べられたら嬉しいな』というコンスタンティン様の心の声が聞こえましたわよ。デザートのプディングやクッキーも一緒に焼きましょうね。どんなものよりグレイスちゃんが作った料理を喜んでくださるはずよ」

未来の総括家政婦長《ハウスキーパー》の手料理なんて期待する当主がいるのだろうか？

あ、そうか。総括家政婦長《ハウスキーパー》は確かに料理人やメイド達など使用人達の長でもあるから、料理も完璧でなくてはならないってこと？

これは大変だわ。コックにいろいろ教えてもらわなきゃ。

「わかりましたわ、ヴェレリアお母様。これはある意味（私の）テストなのですね？　私がその地位（総括家政婦長《ハウスキーパー》）に就くための」

「そうですよ。（コンスタンティン様がグレイスちゃんにふさわしいかどうかの）テストですわね。グレイスちゃんがその地位（ポールスランド伯爵夫人兼ウォルフェンデン侯爵夫人）につくための大切な過程です。しっかりと楽しみなさいね」

「はい。（総括家政婦長《ハウスキーパー》への）夢は絶対に諦めません。これからもずっとコンスタンティン様のおそばにいたいですから」

ヴェレリアお母様は私を抱きしめて何度も頷いた。睫《まつげ》が涙で濡れている。

私の決意を応援して感動してくださっているのかしら？

「ヴェレリアお母様、私はこの先もお母様達のおそばにいますわ。これからも一緒にいられるように（総括家政婦長《ハウスキーパー》として）コンスタンティン様にお願いしてみますね」

「まぁ、嬉しいわ。もちろんコンスタンティン様ならグレイスのお願いはなんでも聞き入れてくださるでしょう。さぁ、ピクニックの献立をコック長と相談しましょう」

コンスタンティン様の好物はお肉だ。ローストビーフやローストチキンを中心に野菜をバランスよく挟んで、とてもボリュームのあるサンドイッチができあがった。私用には食べやすい薄切りベーコンと野菜のサンドイッチに卵サンドイッチを用意する。

「コンスタンティン様の前では大口を開けて食べづらいでしょうから、具は控えめにしておきましょうね。グレイスちゃんのサンドイッチは食べやすい大きさにあらかじめ切っておきましょう」

ヴェレリアお母様はいつも細やかな配慮があって、私に適切なアドバイスをしてくださる。

ロナルドお父様は、「アーネット子爵家の身分は貴族の中ではそれほど高くないが、資産は大半の伯爵よりもあるし、繊維業界をほぼ独占する勢いがあるから、私に肩身の狭い思いは決してさせない」と熱心におっしゃってくださった。

ポールスランド伯爵家の総括家政婦長《ハウスキーパー》として、使用人達にバカにされないようにいろいろと協力してくださるということかしら？　心強いわ！

「ロナルドお父様。私は皆様のご期待に添えるようにこれからも頑張りますわ」

「これからが本当に楽しみだよ。グレイスは大事な私達の長女だからね」

にこにこと嬉しがっていらっしゃるのは、私が総括家政婦長《ハウスキーパー》を目指していると気がついたからかしら？　まだヴェレリアお母様とロナルドお父様には内緒にしていたつもりなのだけれど……


ピクニック当日、コンスタンティン様は私を後ろから抱きかかえるような形で白馬に跨がせた。

ち、近い。近すぎますけど！

斜め後ろを振り返ろうとすると、すぐにコンスタンティン様の胸に頭が当たってしまう。

ちらりと見上げると、またまた蕩けるような甘い笑顔。

こ、これって……心臓がもたないのですけど……どうしよう、どうしよう。

静まれ、私の心臓。このままの体勢でいたら完璧に気を失う自信がある。

「こ、この体勢って緊張するのですが。もっと違う乗り方ってありませんか？」

「だったらわたしの後ろに移動するかい？　落ちると危ないからしっかりとわたしに抱きついていて。……さぁ、もっとぎゅっと腕をわたしの腰に回してごらん」

今度は後ろに乗せていただいたけれど、無理、無理、無理。

コンスタンティン様の背中にぴったりとくっつくなんて、ヴェレリアお母様、助けて！

私達が出かける様子をにこにこと眺めているヴェレリアお母様に視線を移すと助けてくださるどころか、もっと抱きつくようにと煽った。

「コンスタンティン様にしっかり抱きついていないと馬上では安定しませんよ。馬から落ちたら大怪我をします。最悪の場合、首の骨を折って亡くなった方もいるほどです」

ヴェレリアお母様、そんな恐ろしいことを今、言わないでよ！

心の中で抗議の声をあげたけれど、首の骨を折りたくない私は、しっかりとコンスタンティン様にしがみつく。

「そうね。コンスタンティンに思いっきり抱きつきなさい。落ちたら大怪我をしますからね。もっとぴったり身体をコンスタンティンの背に押しつけましょう」

ポールスランド伯爵夫人は密着度が足りないとおっしゃった。

逆だわよ、逆。ここは密着しすぎだから離れなさい、じゃないの？

いつのまにかポールスランド伯爵夫人までがいらっしゃって、過激なことをおっしゃった。

ヴェレリアお母様と並んで満面の笑みで私達を見守っている。その後ろにはポールスランド伯爵様とロナルドお父様もいて、「落ちないように気をつけなさい。しっかりつかまっていないと危険だよ」と、心配してくださった。

そんなに相乗りが危険なら、各自がそれぞれ馬に乗って湖に向かえばいいのに……

私が必死になって抱きつくと、コンスタンティン様は満足そうに私の腕を撫でた。

ひっ。耐えるのよ、グレイス。これはなんでもないことよ。

コンスタンティン様と身体を密着して馬に乗るけれど平常心を保つのは、きっと総括家政婦長《ハウスキーパー》になるための大事な試練なのよ！

「さぁ、行くよ、グレイス。ゆっくり歩かせるから心配しないで」

コクリと頷いてコンスタンティン様の背中にしがみついた。

「うん、いいね。これからは馬車じゃなくてこのように移動しよう。グレイスがわたしをずっと抱きしめてくれるように」

……神様、私の心臓が耐えられません……

❀ ❀ ❀

ミニひまわり攻撃は収まったけれど、毎日のように来る恋文にいい加減我慢の限界だ。

おまけにリネータ嬢は王家にわたしとの縁談を打診したようで、王家からわたしに説明を求める書面が届いた。

それは誤解でこちらにはまったくリネータ嬢と婚約するつもりはないとしたためたが、リネータ嬢が婚約を申し込まれたと言い張りごねたらしく、結局わたしは王家に呼び出されることになった。

王城に着いた早々、アンドレアス王太子に呼び止められる。

「待っていたよ、コンスタンティン。フィントン男爵家のリネータ嬢と婚約したなんて初耳だよ。ずっとマッキントッシュ学園で一緒に学んできた仲なのに、わたしにひと言の相談もないなんて悲しいよ」

わざとらしく涙をハンカチで拭くふりをする彼は、ジョークのつもりだろうが、少しも面白くない。

「だからそれは誤解ですよ。わかっているでしょう？　リネータ嬢はわたしでなくとも高位貴族の顔の良い男と結婚したいだけですし、わたしには気になる女性がいますから」

「ふーん。まぁ、アーネット子爵夫妻が養女に迎えた女性について聞いてはいるけどね。とても賢くて美しい黄金を産む金の雌鶏だよね」

「ひと言注意をしておきます。譲りませんよ。それにグレイスは鶏じゃありません。王太子とはいえ、言って良いこと、悪いことがあります。失礼でしょう」

「ふふふ。相当ご執心なんだね。女嫌いなのかと思っていたけれど、安心したよ」

アンドレアス王太子は悪戯っぽい笑みを浮かべた。

優秀ではあるが気が多くて女性に惚れっぽく冷めやすい。

アンドレアス王太子の部屋に招かれ、学生時代の思い出話をしながら寛いでいると、謁見の間に来るようにと女官がわたしに伝えに来た。

「国王陛下夫妻もリネータ嬢もすでに謁見の間にいらっしゃいます。リネータ嬢は泣きながらコンスタンティン様から愛を告白されたとおっしゃっていますよ。大変まずい状況です」

女官達はわたしの味方のようで謁見の間に向かう途中でも、何人もわたしに同情の声をかけてきた。

「タチの悪い女に捕まってしまったのですね？　お可哀想に……もっと気をつけなければいけませんわ。お茶会に一人だけ招かれて行くのは無謀でしたね」

いったいなぜそこまで女官達が知っているのか疑問だったが、謁見の間の近くまで来て理由がわかった。

リネータ嬢の声が大きすぎて、廊下にまで話の内容が丸聞こえなのだ。これでは謁見の間の扉の前に待機している女官や侍従達にまで筒抜けだ。

「国王陛下。コンスタンティンが参りました」

室外から声をかけ、扉を開けるとリネータ嬢がいきなり抱きついてきた。

「コンスタンティン様、お待ちしておりましたぁ。なぜ私を愛していることを否定なさるのですか？　まだ自分の気持ちにお気づきではないのですね。私の笑顔に癒やされ、私がいないと太陽が照らない雨の日のように寂しい気分になりますでしょう？　それが愛というものですわ」

リネータ嬢が愛について語る。

「なるほど、それが愛ならば確かに思い当たる女性はいるけれど、決して目の前にいる君ではないよ。国王陛下、ここにある記録石を再生いたします。音声だけですがお聞きください。ひと言も婚約するなどと言った覚えもなければ、好きだと囁いたこともありません。こちらの記録石がわたしの潔白を証明してくれるでしょう」

わたしはお祖父様からいただいた記録石をトラウザーズのポケットから取り出し、再生してみせた。そこで披露されたのは音声だけだったが、きっちりとわたし達の会話が録音されていた。

「まぁ、なんてことなの！　コンスタンティンの言うようにまったく婚約の話にもなっていませんわ。それどころか、嫌われているとさえ察しなければならないレベルの会話ではありませんか。リネータ嬢、なぜこれで好かれているなどと思えるのですか？」

王妃殿下は呆れかえってリネータ嬢に問いかけた。

「それはもちろんこの私が男性から好かれる容姿だからですわ。私にはわかるのです。コンスタンティン様は恥ずかしがっているだけで、本当は私のことが大好きなのです」

「はぁー、コンスタンティンよ、ご苦労だったな。お前は下がってよい。遠路わざわざ呼び出してすまない。おかしいとは思ったのだよ。ウォルフェンデン侯爵からはグレイス嬢をゆくゆくはコンスタンティンの花嫁として迎えたいと手紙をもらっていたからなぁ。グレイス・アーネット子爵令嬢はとても優秀だと聞いておる。お似合いの夫婦になるだろうよ」

「なんですって？　グレイス・アーネット子爵令嬢ってどんな方ですか？　あり得ないわ、そんなのおかしいです！　私が誰よりもコンスタンティン様をお慕いしておりますのに」

リネータ嬢が泣きながら謁見の間を挨拶もせずに去っていった。

わたしはリネータ嬢がこれで諦めてくれれば良いと願ったが、リネータ嬢を見送った女官達が謁見の間に戻るとわたしに不吉な報告をした。

「コンスタンティン様に申し上げます。リネータ嬢なのですが、馬車に泣きながら乗り込んだ際に

『私からコンスタンティン様を奪うだなんて……泥棒猫のグレイス・アーネット子爵令嬢に絶対に身の程をわからせてやるわ』と、ぶつぶつと呟いておりました。その様子が少し常軌を逸しておりましたので、お気をつけくださいませ」

国王陛下がグレイスの名を出した失言に、恐れながらも不満を感じてしまう。

「国王陛下、王家の影をお借りしたく存じます。国王陛下は明らかに余計な情報をリネータ嬢に与えました。あの女性はわたしにひまわりを二か月にわたって毎日送り続けてくるほど粘着質です。きっとグレイスに悪さを仕掛けてきます。ちなみにひまわりの花言葉は『私は貴方だけを見つめる』です」

「うわっ。怖すぎる花言葉だね。少し寒気がしたよ」

アンドレアス王太子は眉をひそめた。

「グレイスになにかあったら……恐れながら国王陛下のご発言が原因となります。そうならぬよう、対策をとってくださいますね？」

王家だからなにをしても許される、などと思ってほしくない。

国のトップに立つからにはその発言には責任を持つ必要があるはずだ。

「おいおい、そんなに怖い顔をしないでくれ。ポールスランド伯爵家とウォルフェンデン侯爵家にアーネット子爵家は、この国を豊かに繁栄させている貴族達や大商人を掌握するリーダー的存在だ。その三大貴族の秘蔵っ子のグレイスになにかあったら、儂《わし》だとて困った状況に追い込まれよう。わかった、影を派遣しよう」

「ありがとうございます。誰にも気がつかれずに忍び寄れる特殊訓練を受けた者を三人ほどお願いします」

「まさか国同士の諍いに駆り出す影を希望するのか？　大袈裟すぎるのではないか？　相手はか弱い小娘だろう」

「いずれアンドレアス王太子が国王陛下になられたら、わたしに宰相になってほしいと国王陛下より頼まれていた件ですが、グレイスの身になにかあればもうこの国を守ろうとは思わないかもしれません。グレイスはすでに我が家族の一員なのですよ」

国王陛下は長い沈黙の末、わたしの申し出を承諾してくださった。

リネータ嬢をたかが女と舐めてはいけない。邪悪な人間は手段を選ばないのだから。

わたしは王家の影二人にフィントン男爵家とフラメル家を見張らせた。後の一人はわたしとの連絡係として毎日のように報告をさせる。

リネータ嬢はやはりすぐに動き出した。フラメル家のベリンダといつも行動を共にしているし、フィントン男爵家の使用人達はヤマウルシ、ハゼノキ、プリムラオブコニカという植物を探し回っていた。いずれも肌をかぶれさせるとても強い毒性を持つ植物だ。

「貧しい少女に金をやり、騙してグレイス様に毒物をかけさせようとしています」

王家の影の一人が嫌悪感で顔を歪ませながら報告する。

「なるほどね。やはりあのままで引き下がる女性ではないと思ったよ」

なぜ罪もないグレイスを逆恨みしてこのようなことを企むのか理解できなかったが、別の王家の影がリネータ嬢とベリンダがグレイスを見に来ていたことを教えてくれた。

ベリンダはアーネット子爵令嬢が自分の姉だと気づいてしまったというわけか。

「そこまで実の姉が憎いのか？　自分の方が両親から可愛がられ、特別扱いも受けてきたくせに全くわからないよ」

「だからこそですよ。自分が一番だと思い込むように育てられたのでしょう？　姉が自分より遙かに出世した姿を見て、引きずり降ろしたくなったのでしょうね」

影の言葉に呆れてため息をついた。

しかもそのやり方があまりにも卑劣だった。

貧しい少女が病気の母親の薬代の工面のために花を売っていたことを聞き出し、グレイスに聖水をかけたら大金をあげると騙したのだという。もちろん聖水というのは嘘で、かぶれる植物から抽出した毒物だ。


決行日当日、わたしは指示を出し影に少女とわざとぶつかり、毒の小瓶を本物の聖水が少量入っている小瓶に変えるように指示した。

少女も馬車から監視していたリネータ嬢達も、その瓶がすり替えられたなどと気づかないほどの早業だった。流石は王家の影だけはある。

少女はグレイスに近づき花を売り、「綺麗なお姉さんに神の祝福がありますように」と言いながら聖水を数滴グレイスにかけた。

グレイスはにっこりと笑って少女を抱きしめた。聖水を数滴振りかけ祝福を与えるのは祭司様しか許されていないことなのに、心が純粋で優しいグレイスは幼い花売り娘を怒りもせず優しく抱きしめた。

敢えて聖水をかけるところを見せたのは、馬車の中で悪女達が喜ぶ会話を記録石に取りたかったからで、犯罪がここに成立した証拠にもなる。記録石は王家の影がフィントン男爵家の馬車にあらかじめ取り付け、上手い具合に会話を録音できるようにしていた。

グレイスは花売り娘の頭を撫でてから軽い足取りで、買ったばかりの花束を幸せそうに大事に抱えて去っていく。

グレイスの笑顔はわたしがずっと守っていくよ。

彼女はわたしの大事な女性だ。

グレイスが傷つけられると考えたら、自分が怪我をするよりも辛い気持ちになると気づいたわたしは、彼女への恋にも同時に気づかされた。

これが恋か……このわたしも愛する女性がやっとできたよ。

一時は女性恐怖症になるほど公爵令嬢に付きまとわれたり、あのリネータからは不気味なひまわりを送りつけられたりで、女性に対しては少し臆病になっていたが、グレイスだけは安心できたし信頼できた。あの子はわたしのオアシスなんだ。

それからリネータ嬢とベリンダを捕らえるなかで、あの二人は自ら作った毒を顔に浴びることになった。自業自得であったし少しも同情できなかった。

二人を王都に送り国王陛下に処分をお任せした。かなり重い罪にはなると思うし、もう二度と大事なグレイスには近づかせたくはない。そしてこのような醜悪な事件をグレイスに知らせるつもりはない。

純真な心でまっすぐに努力を重ねるグレイスはわたしが守っていくよ。

ベリンダの思惑

「王家から呼び出しを受けたのよ。いよいよ私とコンスタンティン様との婚約が決定するわ」

リネータお姉様から王都に行く話を伺い、頬を上気させるリネータお姉様にお祝いの言葉を申し上げた。

でも、王都から戻ってきたお姉様は怒りに声を震わせて私に相談を持ってきた。

「私のコンスタンティン様を横取りした図々しい令嬢がいるのよ。その彼女の名前がグレイス・アーネット子爵令嬢よ。その子はポールスランド伯爵邸の隣のアーネット子爵家の別荘に住んでいるのだけれど、いっときはポールスランド伯爵邸に入り浸ってコンスタンティン様を誘惑していたらしいの」

リネータお姉様はアーネット子爵令嬢を懲らしめたいと涙を流した。

「お姉様という婚約者をさしおいて、なんという恥知らずな令嬢でしょうね。とにかく作戦を練る前にどんな人物が偵察に行きましょう」

フィントン学園が休校の日、私達はポールスランド伯爵領へ日の出前に出かけた。アーネット子爵家別荘の近くに馬車を停め、ポールスランド学園に通っているというグレイス嬢が出てくるのを待つ。

朝の登校時で、アーネット子爵令嬢と護衛騎士を数人付けたポールスランド伯爵令嬢が、仲良く手を繋いで学園に向かい歩いていく。アーネット子爵邸からも私服の護衛騎士と思われる体格の良い男性が出てきて、距離を保ちながらも二人の後を付いていく様子が見てとれた。ポールスランド伯爵令嬢には護衛騎士が明らかに付いているけれど、アーネット子爵令嬢も私服姿の護衛騎士に守られている。

さすが、リネータお姉様より格上貴族のお嬢様達だわね。ずいぶんと大切にされているじゃないの！　さて、どんな女なのか間近で見なければいけないわね。

「リネータお姉様は馬車の中でお待ちください。私は男装をしてカツラをかぶり、アーネット子爵令嬢とすれ違って顔をよく見てきますからね」

「ベリンダちゃんはとても頼りになるわね。ありがとう」

私はリネータお姉様に必ず上位貴族に嫁いでもらいたいと思っていた。

リネータお姉様が出世すれば自動的にデリク様も良い思いができて、その妻になる私だって多くの利益を得るはずだからよ。

帽子を目深にかぶりアーネット子爵令嬢を盗み見る。

あんまりびっくりしたのでその場で固まった。

グレイスお姉様!?　ちょっと待ってよ。なんであんなに綺麗になっているの？　髪は艶々だし肌

は雪のように白いし、あの編み込みハーフアップはすっごく素敵だわ！　後ろ姿も完璧だし、なによりあんなに綺麗な顔立ちだったなんて初めて気がついた。

なんで？　なんでよ？

どうしてアーネット子爵令嬢になっているの？

疑問だらけで気が狂いそうだ。グレイスお姉様が通り過ぎてもその場に立ち尽くしている私に、「ちょっと君、どうしたのだね？　気分でも悪いのかい？」と、アーネット子爵邸から出てきた屈強な男性が胡散臭げな表情で声をかけてきた。

「い、いいえ。ちょっとだけ目眩がしただけでして……なんでもないです」

急いでリネータお姉様の待つ馬車に走って乗り込んだ。

「どうしたのよ？　あんなところで固まっていたら不審がられるでしょう？　それで、どんな女性だったの？　可愛かった？　ここからだと顔がよく見えないのよ」

「いいえ、あんな女は私達に比べたら少しも可愛くないです。あんなのがリネータお姉様の恋敵のわけがありません」

私のように可愛くはなかったから嘘ではない。

グレイスお姉様はびっくりするほど自信に溢れていて、とても美しかったのだ。

でも、そんなことを口にしたら負けだ。

私は認めないわよ。あのグレイスお姉様が貴族令嬢になって、しかもポールスランド伯爵家の跡継ぎ息子と結婚するだなんて。

私よりもずっと身分が上になって幸せになるだなんて。

あってはならないことなのよっ！

「アーネット子爵令嬢にはもっと可愛くない女性になってもらいましょう。私にいい考えがあります。フィントン男爵家の使用人達に集めてもらいたいものがありますわ」

私はヤマウルシ、ハゼノキ、プリムラオブコニカを探すように伝えた。これらの野草には肌を酷くかぶれさせる毒がある。顔の腫れ上がったグレイスお姉様はきっとポールスランド伯爵令息から嫌われるわ。

だって女の子はすべすべの綺麗な肌だから男性から愛されるのよ？　グレイスお姉様は私よりもずっと滑らかな白いお肌だった。だから、吹き出物だらけのザラザラに変えてやるわ。

私はフィントン男爵家の使用人が集めてきた植物を、リネータお姉様のお部屋で一緒にすりつぶした。手にはもちろん防護手袋をはめて有害な液体が肌につかないようにする。抽出した液体を小瓶に詰め、これをどうやってグレイスお姉様にかけたらいいのかと思案した。

私やリネータお姉様が直接かけるわけにはいかない。なぜならグレイスお姉様には距離をとって後ろで護衛しているお抱え騎士達がいるから。すぐに捕らえられて罰せられるはずだ。

グレイスお姉様なんかのせいで罪人になるわけにはいかないわ。

だとすれば、私達の仕業とわからないように、他人を使って実行犯にさせるしかない。

たまたまお父様達と市井《しせい》でお買い物をしていると可愛らしい花売り少女が私に近づき花を買ってくれとねだった。

「これだわ！　この子ならきっと良い仕事をしてくれそうね」

翌日、私とリネータお姉様は男性に変装してあの花売り少女に近づいた。男性に変装したのはあの子が捕らえられた時に誰に頼まれたのかと聞かれても私達だとバレないようにするためだ。

話を聞くと、その少女の家は母子家庭で母親は病気で寝込んでいるらしい。薬を買うお金を貯めているというその子に私は大金をあげると約束した。

「ある女性にこの小瓶に入っている聖水をかけてくれないか？『神様の祝福がありますように』と言いながらかけるだけでいいのさ。簡単だよね」

「なんでそんなことをするの？　それをすれば母さんの薬代を本当に払ってくれるの？」

「ちゃんと聖水をその子にかけることができたらお金はちゃんと払うよ。聖水をかけてあげたらその女性はとても喜んでくれるからね。理由なんて、お前は知らなくていいことさ。言われたことをやりさえすれば楽にお金が手に入るのだよ。やるのか、やらないのか？」

しばらく考え込んでいたまだ幼い女の子は、私の口車に乗せられて頷いた。

毒を貴族の令嬢に振りかけたらただでは済まない。私はこの子にお金を払う気はさらさらなかった。振りかけたところを見届けたらすぐに馬車を出し、その場を立ち去ろう。

騙されるこの子がバカなのよ。

フィントン学園の創立記念日休みに、私とリネータお姉様はその計画を実行することにした。その少女を馬車に乗せて、ちょうど学園の授業が終わる時間帯にポールスランド伯爵領に着くように出発する。グレイスお姉様の生活が気になって仕方がなかったから、通学路も授業が終わるおおよその時間も自力で調べ上げた。

調べれば調べるほどグレイスお姉様はアーネット子爵家で大事にされていて、学園でも生徒会長を務めている才女で人気者だとわかった。

悔しいわ。いったいどんな手を使ってポールスランド伯爵夫妻やアーネット子爵夫妻に取り入ったのかしら？

狡いわよ、私より幸せになるなんて。

だからこの手段を選んだ。

これはリネータお姉様のためでもあるけれど私の自己満足のためでもある。

時間は刻々とグレイスお姉様の下校時間に近づき、私は花売り少女を馬車から降ろさせた。

「さぁ、行っておいで。ミルクティー色の髪でブラウンの瞳の背の高いお姉さんにその小瓶の聖水をかけるのだよ。『神様の祝福がありますように』と言ってかけてあげれば、感謝されて抱きしめてくれるはずさ」

疑うことを知らない幼い子供に私は嘘を言い含めた。もちろん今の私は男装の麗人よ。

そうして少し離れた場所に停めた馬車から様子を窺《うかが》っていた。花売り少女は一人の男とぶつかってよろけたが助け起こしてもらい、そのままグレイスお姉様を待ち伏せした。

ほどなくして現れたグレイスお姉様はこの前偵察に来た時と同じ服装だった。周りを見ると同じような服を着ている生徒達ばかりで、グレイスお姉様に声をかけていた。

「グレイス生徒会長。お疲れ様です！　この制服になって本当に嬉しいです。朝も手間取ることがなくなりましたし、可愛いから親戚中から褒められます」

「グレイス生徒会長、さようなら。また明日もよろしくお願いしまぁす。生徒会長がグレイス様で本当に良かったぁ」

あの可愛い服は制服だったのね？　フィントン学園には制服なんてないのに狡い。

「なによっ。むかつくわ。いい気になっていられるのも今のうちよ。さぁ、花売り娘、あのかぶれる毒物をアーネット子爵令嬢にかけておしまい」

私は我慢できずに声に出してそう言った。

「そうよ。アーネット子爵令嬢なんてあの毒でめちゃめちゃ汚い肌になればいいわ。そうしてコンスタンティン様に嫌われてしまえー！」

リネータお姉様もそう叫び、私達は一緒に高笑いをした。

花売り少女は首尾良くグレイスお姉様に近づき、瓶の中身を顔に振りかけることに成功した。

「ざまぁみろ。グレイスお姉様のくせに私より幸せになろうとするからよっ」

「え？　あの子はアーネット子爵令嬢で、名前は同じでもベリンダちゃんのお姉様ではないわよ。

まぁ、そんなことはどうでもいいわね。これであの子はコンスタンティン様に嫌われるわ」

花売り少女から毒をかけられてキョトンとしていたけれど、なんと次の瞬間その子を抱きしめたグレイスお姉様は、お人好しを通り過ぎてバカ丸出しだ。

私達はますますお腹を抱えて笑い転げた。

「なんて滑稽なの？　本当に聖女様のように優しいのね。でも、その優しさが命取りなのよ。そのうち顔が痒くなって猛烈な痛みに襲われるわ」

嫌いな人間が不幸になるのは最高に楽しい。

「ベリンダ、ずいぶんと楽しそうだね？　それから、そちらのリネータ嬢もとても嬉しそうだ。なにがそれほど面白いのか教えてくれないか？」

馬車の小窓から金髪に黄金色の瞳の美丈夫が私達を覗き込んでいた。

右手に私達が作った毒を入れた小瓶を持ち、ゾッとするような笑みを浮かべる。

隣にいたリネータお姉様は引きつった顔で青ざめている。

「ひっ！　……コンスタンティン様。もしかして全部バレたのですか？　わ、私は反対しましたのよ。このベリンダちゃんにそそのかされて仕方なくしたことなのです。これはベリンダちゃんが言い出した計画ですから」

これがポールスランド伯爵家の嫡男のコンスタンティン様？　こんなに綺麗な男性は見たことがないわ。あぁ、でも今はそれどころじゃないわよ。私だけが悪者にされそうじゃない。

「ちょっと待ってください。言い出したのは私でも、リネータお姉様だって喜んで賛成したわ」

あれだけ仲の良かった私達はつかみ合うほどの喧嘩を始めた。

なんでバレたのかしら？　おかしいじゃない。

でも、私だけ悪者にして切り捨てようなんてさせないわ。罪に問われて捕まるなら、リネータお姉様だって同罪よ。

「二人とも男装までしてご苦労様だよね。この馬車には記録石が仕込まれていて、君達の会話は全て録音されているよ。言い逃れはできないし、どちらが言い出したにせよ、計画犯は二人なのだから同罪さ」

「え？　記録石をこの馬車に仕込んだのですか？　なんて卑怯な真似をするの？　これはフィントン男爵家の馬車なのだから不法侵入罪でしょう？　だったらその証拠は無効だわ。その石を寄越しなさいよ。寄越せーぇ！」

コンスタンティン様は私達が乗っている馬車に仕込んでいた記録石を座席下から取り出し左手に持った。

その記録石を奪おうと体当たりをした私は、コンスタンティン様が右手に持っていた小瓶を割ってしまい、容器いっぱいに詰められていた毒物が私とリネータお姉様の顔に飛び散った。

こんな偶然ってある？　信じられない⁉

激しい痒みが私を襲う。

「自分達が作った毒がかかるなんて自業自得だな。この世に神様はいらっしゃる証拠かもしれないね」

涼しい顔付きのポールスランド伯爵令息には少しも毒はかかっていなかった。

どうして私がこんな目に遭わなければならないの？

「痒い、痒いわ。ベリンダちゃん、ウルシはこれほど早く痒くなるの？　二、三日後って言ってなかった？　痒いというより痛いわよ」

「うぅー。確かに痛いです。これほどの効き目だとは思いませんでした」

ポールスランド伯爵令息は私達が痒がる様子を呆れた顔で見ていた。

「この令嬢達を王都に連れていってくれ。国王陛下に裁いていただく。自分が作った毒で痛い目に遭うなんて同情はできないけれど、顔を洗わせてやった方がいいな」

ポールスランド伯爵令息の口添えで私とリネータお姉様は顔を洗うことができたけれど、痒みは消えなかった。

王城に着き地下牢に放り込まれたが、その看守達にも気味悪がれた。

「うわっ！　顔が腫れ上がって化け物みたいだぞ。罪状は聞いているが、よくもこんな毒をこしらえたなぁ」

看守の一人が私を気味悪がって顔を歪めた。

「まさか自分が被害に遭うなんて思わなかったのよ。ちょっとした悪戯だったのにぃ」

悔しさを滲ませて言い返すと、看守が首を振りながらぼやいた。

「やれやれ。性根は直りそうもねーな。自業自得としか言えないよ。同情もできない」

看守ごときに同情されたところで、私の罪が軽くなるわけじゃないでしょう？

うるさいわよっ！

目の周りも腫れ上がっているようで、瞼が半分しか開けられない。

「医者を呼んでよっ。私を処罰する前に死んだら困るでしょう？　薬ぐらいちょうだいよ」

しつこく騒ぎ立てるとまもなく医者が来たけれど、軟膏を塗るだけで自然治癒を待つしかないと診断された。

「元通りの肌になるわよね？」

「時間の経過で治ってくるとは思いますが、これだけ酷いとすっかり元通りの肌にはなれないかもしれませんね。ですが、そのような効き目を望んだのはあなたでしょう？　事件のことは概ね聞いていますよ」

「うるさいわよっ。あんたに関係ないじゃない」

侮蔑の表情を浮かべ、私を睨む医者にムッとしてしまう。

それから数日後、国王陛下が直々に私達を裁くこととなり、陛下の御前に跪かされた。

襲おうとした人物がグレイス・アーネット子爵令嬢だったからと聞いて首を傾げる。

グレイスお姉様ってそんなにも重要人物だったの？

その疑問はグレイスお姉様の後見人がウォルフェンデン侯爵だからと聞いて納得した。ウォルフェンデン侯爵家は平民の私でも知っている大貴族だったからだ。

「お前がフラメル家のベリンダか。顔をあげよ」

言われた通りに従うと、化け物を見るような目つきが四方から向けられた。

国王陛下のほかに偉そうに私を睨み付ける四人のおじさん達。

「罪状は不法に毒を生成した罪と、アーネット子爵令嬢に対する傷害未遂罪ですね」

「未遂といっても記録石によれば、ポールスランド伯爵令息が阻止しなければ、完全に実行されたであろう犯罪です。実行する際に少しの迷いも感じられないし、グレイス嬢が聖水をかけられた時の喜び方は浅ましすぎますな」

「さよう。全ては用意周到すぎます。情状酌量の余地がない」

「自分が作り出した毒を浴びるとは自業自得だな。手駒に使おうとした少女や危害を加えようとしたグレイス嬢に対する謝罪の言葉はないのか？」

「私はお姉様をいるべき場所に戻してあげようとしただけです。お姉様がポールスランド伯爵夫人になるなんておかしいですもの。グレイスお姉様が私より格上になるなんて許されないことですし、そうなったらグレイスお姉様だって、きっと尊い身分に適応できなくて不幸になります」

「記録石に録音された会話でお前達の罪状は明らかだ。自分より幸せになろうとする姉が許せないという理由だけで、ここまで酷いことをしようとしたお前の罪は重い。お前はこの瞬間から犯罪奴隷二十年の刑とする」

私はその判決に耳を疑った。

予想よりもあり得ないほど重かったからだ。

「そ、そんなぁ……私はフィントン男爵家のデリク様の婚約者です。まだ平民ですが、いずれフィントン男爵夫人となる身でした。貴族は犯罪奴隷には落ちないはずです」

この国では、貴族は犯罪を犯しても奴隷にだけはならないはず。違ったかしら？

「犯罪奴隷にならないのは王族の血が流れている貴族だけだ。王女が降嫁した家柄や、王家の嫡男以外が興した公爵家などだ。ただ婚約者のデリクと共に犯罪奴隷になれば十年に短縮してやろう。愛し合う者同士が助け合うことは許す」

国王陛下の呼びかけに奥の扉から出てきたデリク様は、私を冷たい眼差しで睨んでいた。

「デリク様、私を助けてください。一緒に犯罪奴隷になってくださいませ。十年なんてすぐですわ」

私は最高に可愛く見えるようにいつもの上目遣いをする。

けれど、彼は気持ち悪そうに顔をしかめた。

「国王陛下。この女とは婚約破棄を早々にいたしますので、一切俺とは関係ありません。犯罪奴隷なんて爵位を継げなくなります」

「愛している、と言ったのに。ずっと一生好きでいるって言ってくれたでしょう？」

「それはベリンダがこうなる前の話だろ。犯罪者に成り下がった女なんかに、俺の将来をめちゃくちゃにされたくないね。その汚い肌を見ただけでゾッとするよ！」

デリク様の嘲笑う声で、はらわたが煮えくり返る。

「私の容姿だけが好きだったのですか？　私の価値はそれだけなの？」

「あぁ。お前は容姿が最高に可愛かったし、俺の好みだったから価値があった。だが、その長所はすでに失われた。欠陥品に成り下がったのさ」

「欠陥品？」

「そう、お前は壊れたおもちゃだよ。そんなもののために、次期フィントン男爵の地位を危うくなんてできない」

私は隠し持っていた小瓶の中身をデリク様に向かって勢いよくぶちまけた。

念のためにもうひと瓶持っておいて良かった。

「なにするんだよ！　痒い、痒い。こいつ、許さないぞ」

「うふふ、これで私達はまたお似合いのカップルになれましたわね。一緒に犯罪奴隷になりましょう。絶対に離さないですわ。あーはっははは」

私はデリク様をしっかりと抱きしめる。絶対に逃がさない。

私だけが不幸に落ちるなんておかしいわ。デリク様もリネータお姉様も皆で奴隷になるべきだわよ。

「離せよ、離せってば。くっそ！　お前なんかとは婚約破棄だと言っただろう。俺はポールスランド伯爵家で見かけたミルクティー色の髪の令嬢に一目惚れしたんだ」

聞き捨てならないことを吐いたデリク様に私の心に鬼が宿る。

「それはグレイス・アーネット子爵令嬢のことですか？　あれは私の愚姉ですわ。デリク様が頬を殴ったグレイスお姉様です」

国王陛下の顔色が変わった。

「デリクはアーネット子爵令嬢の頬を殴ったのか？　男が女に手を上げたのか？」

「そうです。姉がまだ家出をする前のことです」

「グレイスはフラメル家とは縁を切り、アーネット子爵家の実子となっておる。今後、姉と言うのはやめよ。不敬罪で罪を重ねることになるぞ。デリクも婚約者の犯罪を一緒に償え。一度は好きになった女性だろう？」

「嫌です。こんな女はごめんです。罪人と一緒になるなんて嫌です」

「どっちみちデリクはフィントン男爵家を継げない。当主は別の者に継がせる。リネータがあのようなことになって、そのまま男爵家が存続すると思うか？　二人はとてもお似合いだぞ。仲良く犯罪奴隷になり、十年働くように。お前達の結婚を認める。ずっと仲良く一緒に助け合って暮らしなさい。離婚は認めん」

私とデリク様は憎しみの籠もった眼差しで睨み合った。

荒んだ生活の予感しかないこの結婚が私への最大の罰になった……

「私はベリンダちゃんに騙されたのですわ。これほど強い毒とは思いませんでしたし、この計画もベリンダちゃんが考え出したものです」

リネータお姉様は必死に自分の罪が軽くなるように弁解するけれど、国王陛下は厳しい眼差しで睨む。

「格上貴族の令嬢を傷つけることが軽い罪で済めば貴族社会の秩序が乱れ、気に入らない格上貴族に危害を平気で加えようとする低位貴族が増えるだろう。お前もやはり犯罪奴隷になり罪を償うのだ。お前の刑期は十三年で、元フィントン男爵夫妻も同じだ」

ゾッとする冷たい声に思わず身震いをした。

「ベリンダちゃんはデリクと罪を分け合い、犯罪奴隷十年ですよね。私の方が重いではないですか」

「罪を分かち合ってくれるような使用人や恋人がいれば頼んでみればよい。その者が心から望んでいるのならベリンダのように刑期を半分にしよう」

「デリクは望んでいなかったはずです。だったら使用人が拒んでも私の刑期を半分にしてくださいますよね？」

リネータお姉様ったら本当に往生際が悪いわ。

使用人の誰も助けてくれるはずないじゃない。

「デリクはベリンダの婚約者だから一緒に償う義務がある。だが使用人とリネータの関係はそれと同じではない。心からお前を助けたいと思う者にしか負担を科すことはできない」

国王陛下が面白がる表情を浮かべた。

まるでそんな者は見つけられないとわかっているように。

後で聞いた話によれば、リネータお姉様は地下牢にフィントン男爵家の使用人達を何度も呼びつけて助けてくれるように懇願したが、誰一人として首を縦に振る者はいなかったそうだ。

エピローグ

私は九年生から十一年生までポールスランド学園生徒会長として、微力ながら学園生活をよりよくしようと努力してきた。

「グレイス・アーネット子爵令嬢。卒業生の答辞をお願いします。あなたの素晴らしい数々の改革のお蔭で、ポールスランド学園は以前にも増してポールスランド伯爵家の誇りとなりました」

卒業式の壇上でポールスランド伯爵夫人が私を指名した。

ポールスランド伯爵夫人はこの学園の理事長に就任しており、今後はポールスランド伯爵夫人の地位を受け継ぐ女性が、代々理事長と学園長を兼任すると決定していた。

私はゆっくりとした足取りで卒業生代表として多くの在校生の座るエリアを通り過ぎる。

「グレイス生徒会長ってすごいわよね。ずっと成績は学年でトップだったのよ。しかも生徒会長として歴史に残るような改革をなさってきたわ」

「ずっと憧れてきたのに、グレイス生徒会長が卒業しちゃうなんて、もうお会いすることもできないわね」

「そうね、アーネット子爵令嬢ですもの。私達平民だと、もうお見かけする機会すらないわね」

その際に聞こえてきた私話は、私を慕って会えなくなることを悲しむ内容だった。

自分がこれほど下級生の女子生徒達に好感を持たれていると知って照れくさかったけれど嬉しい。

「今まで応援してくださってありがとう。とても感謝しているわ」

私は小さな声で、けれどもその子達に届くような声量でそう言い、にっこりと微笑みながら通り過ぎる。

ひときわ高い歓声があがり、全ての学年から声援が飛び交った。

「グレイス様、素敵！　卒業おめでとうございまーす」

「グレイス生徒会長、ずっと応援していましたぁー。これからもどこにいらしても応援しまぁーす！」

「グレイス生徒会長、大好きです！　卒業しないでー」

いずれも女子生徒達の声で、先生方はそれを微笑ましく見ている。

階段を一歩一歩上がって壇上に立つ。

私は講堂にいる皆に目を向け、穏やかに微笑みながら一礼をした。

「本日は教職員の皆様をはじめ、多くの皆様のご臨席の下、このような盛大な卒業式を催していただいたことに卒業生一同、心より御礼申し上げます。振り返ればこの学園での学びの時間は瞬く間に過ぎていきました。諸先生方のご指導を受け、大いなる知恵を授かり、なによりもかけがえのない多くの友人を得ることができました。友人達と共によく遊び、勉強に励んだ日々は有意義でこの上なく貴重な時間だったと思います……」

私は途中から涙で頬を濡らした。

たくさんの良い思い出はこのポールスランド学園を卒業しても一生忘れない。

友人達との別れは辛いけれど、私達はそれぞれの道を、自信を持って着実に歩んでいくことを誓った。

最後に先生方と、私達を温かく見守ってくれた家族に、心からの感謝の気持ちを伝え答辞を締めくくる。

大きな拍手とたくさんの歓声に包まれて卒業式は終わった。


「グレイス。ますますの改革を期待しているわよ」

卒業式後の卒業パーティはポールスランド伯爵邸のパーティホールで行われた。ここには卒業生全員が招かれたが、平服で参加できるビュッフェディナーになっていた。ご馳走も豪華に用意され、シャンパンも振る舞われた。

このようなパーティに慣れない子達は目を輝かせてはしゃいでいたし、パーティには行き慣れているお金持ちの子達でも緊張しているのがわかった。

「卒業生の皆さん、今日は無礼講ですわ。大いに楽しんでくださいね。自由に庭園を散策してもいいですし、このご馳走も遠慮なくたくさん召し上がれ」

ポールスランド伯爵夫人の言葉に男性陣は早速ご馳走をお皿に盛ったし、女性陣は庭園の散策をして、色とりどりに咲き誇る花々を楽しんだ。

「グレイス。貴女は本当にたくさんのことを成し遂げましたよ。そしてこれからもきっと多くの改革をしてくれると信じています。頼みましたよ」

ポールスランド伯爵夫人が私の肩に手をかけて、満面の笑みを浮かべながらそうおっしゃった。けれど私は卒業する身だ。

おっしゃっている意味はきっと総括家政婦長《ハウスキーパー》になり、ポールスランド伯爵家とウォルフェンデン侯爵家のさらなる発展のために改革をせよ、ということなのだろう。

「はい、全力でコンスタンティン様をお支えします！」

「えぇ、私はグレイスに初めて会った時からそう思っていましたよ。グレイスにしかできない役目です。貴女ほどふさわしい女性はいませんよ」

こんなにも初めから私を信頼してくださっていたなんて……私はきっと素晴らしい総括家政婦長《ハウスキーパー》になるわ。

ヴェレリアお母様とロナルドお父様は目がまだ赤い。

私の答辞を聞きながら、つい感動で号泣してしまったと照れていた。

「グレイスちゃんがとても立派に美しく成長した姿を見てね。嬉しくて嬉しくて……涙が止まらなかったのよ。最近は歳なのか、すっかり涙腺が緩んでしまったわ」

ヴェレリアお母様とロナルドお父様は、愛情の籠もった眼差しで私を見ながら、柔らかくお笑いになった。

「たまたま神様はグレイスが生まれる家をお間違えになったのだよ。元から私達の娘だったような気がしてならないからね。私達は本当の親子だし、お互いが大事な家族だよ」

ロナルドお父様の言葉に私は深く頷いた。

実の親よりもずっと短い時間しか一緒に過ごしていないけれど、愛に溢れた凝縮した時間を私に与えてくださったことには感謝しかない。

ポールスランド伯爵夫妻もそれは同じで、エリザベッタちゃんと分け隔てなく可愛がってくださった。

ウォルフェンデン侯爵様とポールスランド伯爵様も声を揃えて、私をとても自慢に思うとおっしゃってくださった。

「グレイス、卒業おめでとう。立派な答辞だったよ。君は本当に頑張ったね」

コンスタンティン様は私の髪を撫でてそっと抱き寄せた。

ほんの数秒のことだったけれど、パーティホールでは女性達の歓声が響く。

「きゃー、素敵。とってもお似合いですよー！」

「美男美女でうっとりしちゃう。グレイス様はきっと未来のポールスランド伯爵夫人よね」

見当違いの周りのざわめきに私は戸惑ってしまう。

「さぁて、これから結婚式の準備にとりかからないとね。早速ドレスの仕立てにかからないといけないし、式は大聖堂で華やかにしないといけないし、招待客は王家も招かないとまずいわね。諸外国からも貴族を招いて……」

ポールスランド伯爵夫人が目を輝かせておっしゃった。

「え？　どなたの結婚式ですか？」

「決まっているじゃないの。コンスタンティンの結婚式ですよ。これからすっごく忙しくなるわ」

コンスタンティン様の結婚式……そんなことは初めて聞いたわ。

……お付き合いしている女性がいたんだ……コンスタンティン様も水くさいわ。

「どうしたの？　顔色が悪いわよ？」

コンスタンティン様の結婚の話を聞いてから、どんな話も私の頭には入ってこない。

パーティホールにはたくさんの仲間達がいて、マリエル生徒会副会長……もう生徒会副会長ではないわね、マリエルさんもエレノーラさんも私に笑顔で話しかけてくるのに、上手く返事ができないでいた。

ヴェレリアお母様が私の様子がおかしいことに気づき、さりげなく私を控え室に連れていってくださった。

そこで私の額に手を当てるとヴェレリアお母様の笑顔が消えた。

「大変、少し熱っぽいわ。きっと疲れがたまっていたのね。グレイスちゃんは一日も休まずポールスランド学園に通ったものね。ちょっと早いけれど帰りましょう」

私はパーティを台なしにしたくなくて、ふわりと微笑みながらパーティホールを一回りして、卒業生の一人一人に声がけをしてその場を後にした。

ポールスランド伯爵夫人にもコンスタンティン様にも気づかれたくなかった。

「ヴェレリアお母様、心配しないでください。ちょっと緊張して疲れてしまっただけですわ。すぐに良くなりますから」

ヴェレリアお母様とロナルドお父様は心配のあまり顔が真っ青だ。

これではどちらが病人かわからないけれど、これほど大事にされているのが嬉しい。

アーネット子爵家お抱え医師がすぐに飛んできて診察された。

「お風邪をひかれたようですね。二、三日ゆっくりと寝ていれば回復するでしょう」

苦い熱冷ましの薬を飲まされ、安静にしているようにと言われた。

私は沈んだ気持ちで時折涙が滲んでくるのを必死で我慢する。

コンスタンティン様が結婚する……お祝いの言葉を言わなければならないのに、どうしても言えなかった。

「グレイスちゃん、コンスタンティン様がお見舞いに来てくださったわよ。いつもの白薔薇を持ってきてくださったの。ベッドサイドに飾りましょうね」

翌日、コンスタンティン様がお見舞いに来てくださり、ヴェレリアお母様が大輪の白薔薇を花瓶に飾った。

「ヴェレリアお母様、コンスタンティン様には言わなくても良かったのに。どうか帰っていただいて。今は会いたくないわ」

小さな声で文句を言うと、ヴェレリアお母様は困ったように苦笑した。

「だってあのコンスタンティン様がグレイスちゃんのことを聞かないはずないでしょう？　パーティで早めに帰ったものだから、グレイスちゃんが薬を飲んで寝た後すぐにこちらにいらっしゃったのよ。『グレイスになにかあったのですか？』って血相を変えながらいらっしゃって、慌てて説明したら『明日から毎日お見舞いに行きます』と、おっしゃったわ」

毎日なんて来なくていいのに。

これから結婚する女性に会いに行けばいいのに、なぜここに来ようとするの？

「やぁ、グレイス。なぜ、わたしに会いたくないのかな？」

「え？　えぇっと、風邪を移したら大変だからですわ。心配をおかけして申し訳ありません」

ヴェレリアお母様の案内も待たないで、いきなり私の部屋の扉に手をかけて立っているコンスタンティン様が、不思議そうに首を傾げていた。

「グレイス。いつもの君らしくないよ。こんな場合は『お見舞いに来てくれてありがとう』だろう？」

確かにコンスタンティン様のおっしゃる通りなのだけれど、学園も卒業した今は、以前のような友人に近い言葉遣いは違うと思った。

ましてや、この方は近々結婚なさるのよ。

「確かにそうだとは思いますが、お忙しいコンスタンティン様を心配させたのは、本当に申し訳ありません。これからいろいろとますますお忙しくなるのでしょう？」

「あぁ、そうだね。とても忙しくなりそうだ。わたしに心配させたくなかったら早く元気になってほしい。ゆっくりと休みなさい。体調が回復したらウォルフェンデン侯爵領に一緒に行ってほしい。大事な話があるからね」

「はい、かしこまりました」

大事な話ってなんだろう？

わかった……結婚式の報告だわ。

もしかしたらウォルフェンデン侯爵家の遠縁の令嬢かもしれない。

私に会わせる気なのかも。

ヴェレリアお母様におっしゃったように、私の体調がすっかり回復するまでコンスタンティン様は毎日私の顔を見に来た。一日に何度もだ。

なんで結婚相手がいるくせに私に何度も会いに来るのだろう？

この方の隣に可愛い令嬢が並ぶのを想像するだけで悲しいのに。

そうか……私はコンスタンティン様が好きなのね……

コンスタンティン様が結婚すると知って自分の気持ちを再認識し、とても悲しい気分になった。

コンスタンティン様のおそばで総括家政婦長《ハウスキーパー》になりたいけれど、多分それはかなりきつい仕事になりそう。

自分の恋心に気づいた今、コンスタンティン様とその女性の仲睦まじい姿を見続けるのは拷問だ。

＊＊＊

体調が回復してから数日ほど経ったある日、私とコンスタンティン様はウォルフェンデン侯爵領に来ていた。

今ではウォルフェンデン侯爵領は素晴らしい一大観光地となっている。

巨大なひまわり畑の迷路が海岸に面した高台にいくつも作られ、たくさんの子供達が迷路で遊び、大人達は海を眺めながらワインやビールを楽しむ。

干し魚や貝の網焼きに、煎ったひまわりのタネは男性のおつまみになり、子供達が食べるクッキーやフィナンシェの上にはちょこんとひまわりのタネが乗せられた。

周りにはレストランやカフェも多く集まり、いつ来てもここは賑わっていた。

私とコンスタンティン様はそのひまわり畑の迷路を一緒に歩く。

並んで語らい合い、二手に分かれて別の道を進むこともある。

それでも必ずまたお互いが巡り会える迷路は不思議だ。

「人生もこの迷路みたいなものだけれど、わたしはグレイスが一緒なら絶対に道を見失わない自信があるよ」

私の頬をそっと撫でるコンスタンティン様が天使のような顔で微笑む。

なぜこの方は私にこのような思わせぶりな態度を取るの？

悲しくなってくるからやめてほしいのに。

「コンスタンティン様は酷いです。優しすぎます。ほかの女性と結婚するくせに、私にこれ以上構わないでくださいませ」

涙が頬を伝わり、私はコンスタンティン様から背を向けた。

「なにを勘違いしているのだい？　わたしの結婚相手はグレイスだよ。それ以外には一度も考えたこともない。さぁ、わたしの手を取ってほしい。わたしの妻になっていただけませんか？」

コンスタンティン様が私に跪いた。

胸の高鳴りがおさまらなくて、コンスタンティン様の黄金の瞳から目が離せない。

胸がいっぱいで嬉しいけれど、私から出た最初の言葉はコンスタンティン様を責める言葉だった。

「コンスタンティン様は私に一度も好きだとおっしゃったことがありません。だから私が余計な悩

みを抱えたのですわ。どんなに辛かったかわかりますか？　コンスタンティン様は意地悪です」

「え？　だってわたしの行動を見れば、グレイスが好きだということはわかるはずだろう？　白い薔薇の花束だっていつも渡していたよね」

「そんなの知りません！」

私は泣き笑いをしながらも拗ねていた。

はっきり言ってくれなければわからないことは世の中にはいくらだってあるのよ。

「グレイス、大好きだよ。本当にごめん。わたしの妻になっていただけませんか？」

コンスタンティン様は少しだけ焦っているみたい。

わざとじらして……私は差し出された手に自分の手を重ねた。

フラメル家を出た時に、夢なら覚めないでと馬車の中で祈った、あの最も辛い瞬間に私の前に舞い降りてきた大天使様は、私をしっかりと抱きしめて甘く囁いた。

「君だけを一生愛するよ」と。

どこから現れたのか、

「当然ですわ！　グレイス様、おめでとうございます！」

マリエルさんがコンスタンティン様の言葉を受けて、「愛人なんか作ったら承知しませんよっ」

と付け加えた。

「うふふ。やっぱりお似合いのカップルですね。グレイス様とコンスタンティン様の恋物語をもとにした恋愛小説をキーウデン書店でも販売したくなりました。私はこれから恋愛小説家を目指します！」

「あっはは、エレノーラだったらきっと素晴らしい小説が書けそうだよ。グレイス様のウエディングドレスはぜひ僕にデザインさせてください。実はもうすでに何通りかデッサンしてあります」

ケンドリック君は得意気にスケッチを私とコンスタンティン様に広げた。

豪華なウエディングドレスが幾通りも描かれている。

そう、私とコンスタンティン様はいつのまにか私の親友達に囲まれていたのよ。

「おめでとうございます！　実は僕達も結婚することになりました」

イーサン君はマリエルさんをそばに引き寄せ、嬉しそうに報告してくれた。

「グレイス様、私がグレイス様とコンスタンティン様を支える総括家政婦長《ハウスキーパー》になりますわ。成績だってグレイス様とイーサンの次に優秀でしたし、イーサンは小児科の医師の修行をしてグレイス様達のお子様が健やかに育つのを見守りたいのですって。私達、ずっと一緒ですよ。ね、グレイス生徒会長！」

「マリエル生徒会副会長……ええ、そうね。ずっと一緒だわ」

私が嬉し泣きをしていると、コンスタンティン様が私の肩を抱き寄せた。

「さて、わたしの大切な未来の奥様。わたし達とマリエルやイーサン達を招待してくださったお祖父様に挨拶に行こう。プロポーズは大成功だったってね」

「はい！」

新＊感＊覚　ファンタジー！

Regina レジーナブックス

Regina レジーナブックス

二度目の人生は
ハッピーエンドを掴みます!

嫌われ者の【白豚令嬢】の巻き戻り。二度目の人生は失敗しませんわ！

大福金《だいふくきん》

イラスト：甲羅まる

目が覚めたら白豚令嬢ソフィアに生まれ変わっていた主人公。しかも翌日には処刑される予定だという。だが最期の時を迎えるその時、神様が現れてミスでソフィアの体に魂を入れてしまったと告げられる。そして、ソフィアとして５歳から人生をやり直すことになった彼女は、断罪フラグをへし折り、ざまぁをしながら人生を謳歌するように！
そんな彼女を周囲の人々は溺愛するようになり——？

詳しくは公式サイトにてご確認ください。

https://www.regina-books.com/

携帯サイトはこちらから！

5歳からのやり直し!?

処刑エンドを ハッピーエンドにしてみせます!

目を覚ましたら、悪事を働き、処刑される寸前の白豚令嬢【ソフィア・グレイドル】に生まれ変わっていた…!?　処刑台の上で最期を待つその時、突如神様が現れ、“ソフィアとして五歳から人生をやり直してみないか”と提案が。「このやり直し、絶対に成功させて幸せな老後を送るんだから！」ソフィアとして待ち受ける数々のフラグをへし折り、時にはザマァしてみたり……幸せな未来の為に奮闘していると、本人が気づかぬうちに周囲から愛されていき…!?

無料で読み放題
今すぐアクセス!
レジーナWebマンガ

ISBN:978-4-434-32673-8
B6判 / 定価:748円（10%税込）

原作 初昔茶ノ介
Chanosuke Hatsumukashi
漫画 五月紅葉
Kouyou Satsuki
前世で辛い思いをしたので、神様が謝罪に来ました
1～4
転生幼女、もふもふ従魔と異世界満喫♪
周囲に冷たくされ、どん底の人生を送る咲《さき》。
深夜まで残業したある日、落雷で命を落としてしまう——
が、なんと咲の不幸は神様の手違いだったことが発覚!
お詫びとして転生を勧められた咲は
5歳の美少女になって人生をやり直すことに。
転生先は魔法の世界・シャルズ。
悠々自適に森で暮らしていたけれど、
ひょんなことから公爵家の人に街へ誘われて——?
神様にもらったチートな能力で今度こそ幸せ掴みます!
◎B6判 ◎各定価:748円(10%税込)
コミックス大好評発売中!
転生幼女、反逆組織と直接対決!!
代表戦に強敵出現!?
シリーズ累計17万部突破!!
無料で読み放題
今すぐアクセス!
アルファポリス Webマンガ

この作品に対する皆様のご意見・ご感想をお待ちしております。
おハガキ・お手紙は以下の宛先にお送りください。

【宛先】
〒 150-6008 東京都渋谷区恵比寿 4-20-3 恵比寿ｶﾞｰﾃﾞﾝﾌﾟﾚｲｽﾀﾜｰ 8F
（株）アルファポリス　書籍感想係

メールフォームでのご意見・ご感想は右のＱＲコードから、
あるいは以下のワードで検索をかけてください。

アルファポリス　書籍の感想　検索

ご感想はこちらから

本書は、「アルファポリス」（https://www.alphapolis.co.jp/）に掲載されていたものを、改稿、加筆のうえ、書籍化したものです。

可愛《かわい》くない私《わたし》に価値《かち》はないのでしょう？

青空一夏（あおぞら いちか）

2023年 10月 5日初版発行

編集－桐田千帆・森 順子
編集長－倉持真理
発行者－梶本雄介
発行所－株式会社アルファポリス
〒150-6008 東京都渋谷区恵比寿4-20-3 恵比寿ｶﾞｰﾃﾞﾝﾌﾟﾚｲｽﾀﾜｰ8F
TEL 03-6277-1601（営業） 03-6277-1602（編集）
URL https://www.alphapolis.co.jp/
発売元－株式会社星雲社（共同出版社・流通責任出版社）
〒112-0005 東京都文京区水道1-3-30
TEL 03-3868-3275
装丁・本文イラスト－ウラシマ
装丁デザイン－AFTERGLOW
（レーベルフォーマットデザイン―ansyyqdesign）
印刷－図書印刷株式会社

価格はカバーに表示されてあります。
落丁乱丁の場合はアルファポリスまでご連絡ください。
送料は小社負担でお取り替えします。

ISBN978-4-434-32679-0 C0093